www.gesteditions.com

TOURMENTS EN BÉARN

Le dimanche des violettes

Florence INNECCO

TOURMENTS EN BÉARN

Le dimanche des violettes

LA GESTE

Pour mes enfants.

Pour mes parents et beaux-parents,
dont la ressemblance
est pour le moins,
troublante.

Pour tous les membres de la joyeuse petite tribu
qui illumine mon quotidien :
mes héros discrets d'hier,
d'aujourd'hui
et de demain.

PROLOGUE

Col de la Pierre Saint-Martin,
13 juillet 2020.

Il est midi. Des silhouettes se profilent à flanc de montagne. Vêtus du costume traditionnel du versant sud des Pyrénées, les édiles des quatre communes de la vallée de Roncal parcourent les derniers mètres qui les séparent de la borne 262. Arborant l'écharpe tricolore, leurs six homologues transfrontaliers de la vallée de Barétous s'apprêtent à les rejoindre par le versant nord pour renouveler un pacte séculaire, considéré comme le plus vieux traité de paix d'Europe encore en vigueur.

Par trois fois, sous le regard attentif d'une foule silencieuse, comme ses prédécesseurs l'ont fait tant d'années avant lui, l'*alcalde*[1] de la petite commune d'Isaba s'assure des intentions de ses homologues transfrontaliers. Par trois fois, il formule la même question en Espagnol en direction des maires français, qui par trois fois, lui

1 Terme utilisé en langue espagnole pour désigner le maire d'une commune.

répondent respectueusement dans la langue de Cervantes :

— *Venid dispuestos a pagar el tributo de las tres vacas como años anteriores ?*[1]

— *Sí señor.*[2]

Après cette déclaration solennelle, le protocole aurait exigé que le maire d'Arette apposât le premier sa main sur la borne 262, vestige du mégalithe dit de *La Pierre-Saint-Martin* symbolisant la frontière entre la France et l'Espagne. Mais le contexte sanitaire en avait voulu autrement et, contrairement à leurs prédécesseurs, il ne leur était pas permis de sceller leur pacte en apposant leurs mains les unes sur les autres. Alors, pour s'assurer la paix sans pour autant déroger aux prescriptions sanitaires, ils entreprirent de recourir à un geste hautement symbolique. Ainsi, sur cette pierre témoin de tant de sang versé au cours des siècles précédents, croisèrent-ils le fer, à l'instar des mousquetaires dont certains avaient vu le jour à quelques lieues de là.

Par trois fois encore, l'*alcalde* d'Isaba scanda ensuite une devise que reprirent en chœur les autres élus après lui :

— *Pax avant ! Pax avant ! Pax avant !* [3]

Par l'entremise de ce traité, dit *de lies et de passeries*, le col du pic d'Arlas, théâtre, il y a plus de six cents ans, de la folie meurtrière des hommes, recevait une nouvelle fois la confirmation solennelle du retour à sa fonction originelle, et retrouvait son statut, non plus de séparation, mais de trait d'union entre les peuples des deux versants des Pyrénées. Une porte ouverte aux échanges et à la fraternité réaffirmant le res-

1 Vous venez en ces lieux, disposés à payer le tribut des trois vaches, comme les années précédentes ?
2 Oui, monsieur.
3 La paix désormais !

pect du principe de compascuité, principe propre aux estives pyrénéennes, qui, depuis des temps immémoriaux permettait aux bergers de Navarre, du Haut Béarn et du Pays Basque de jouir en toute sérénité de la libre disposition des pâturages et des sources.

Dans les premiers temps, la commémoration du traité n'avait pourtant pas été aussi pacifique que son nom aurait pu porter à le croire. Au-delà de la déroute d'un point de vue militaire, l'injonction faite aux Français de payer le Tribut des trois vaches ayant été vécue comme une véritable humiliation, les Béarnais acceptaient difficilement les provocations des bergers espagnols qui ne manquaient pas de les narguer lorsqu'ils venaient réclamer leur dû. Mais au fil du temps, le confort apporté par la paix retrouvée autour de la source du pic d'Arlas avait eu le dessus sur ces querelles intestines. Aussi, depuis que la route avait fini par relier les deux versants du col en 1973, cette cérémonie de la Junte du traité de Roncal était devenue l'occasion de célébrer l'amitié franco-espagnole et se terminait immanquablement par un joyeux moment de convivialité autour d'un repas champêtre.

Ce 13 juillet 2020 revêtait cependant un caractère particulier. En raison de la pandémie mondiale qui sévissait depuis plusieurs mois, tout un chacun avait dû s'adapter aux contraintes sanitaires. Il avait fallu respecter les gestes-barrière préconisés par les autorités de part et d'autre du piémont pyrénéen pour éviter la propagation du virus. Au même titre que chacun des membres de l'assistance, tous les participants avaient donc pris soin de porter un masque et de respecter la distanciation physique requise. Devenu trop risqué en cette période de crise sanitaire, le repas dans les estives pourtant tant apprécié par les participants des deux versants des Pyrénées avait quant à lui été consensuellement annulé quelques jours auparavant.

Se promettant une fête inoubliable pour l'année suivante, les édiles locaux apposèrent sur le document leur signature avec leur stylo personnel — pandémie oblige — mettant ainsi un point final à la cérémonie.

C'est alors qu'on l'entendit. Métallique, poignant, interminable. Un cri. Semblant émaner des profondes entrailles de cette terre aride, il vint déchirer le ciel, tel le premier éclair d'un violent orage d'été.

PARTIE I

5 – 6 MARS 2020

LES CHEVAUX DU TEMPS

« Quand les chevaux du temps s'arrêtent à ma porte
J'hésite un peu toujours à les regarder boire
Puisque c'est de mon sang qu'ils étanchent leur soif. »
Jules Supervielle, *Les chevaux du temps.*

CHAPITRE PREMIER

Villanueva de Gállego (Espagne),
Jeudi 5 mars 2020, 20 heures.

— *Joder !*[1]

Depuis son installation en Espagne, il avait bien progressé dans la langue de Cervantes. Il aurait été exagéré d'affirmer qu'il était devenu totalement bilingue, mais, comme bon nombre d'expatriés, il avait incontestablement enrichi son stock lexical en matière d'injures.

Tout était confus dans la tête de ce jeune Béarnais parti poursuivre des études de pharmacie de l'autre côté des Pyrénées. Comme tant d'autres étudiants en médecine avant lui, il s'était cassé le nez en Première Année Commune d'Études de Santé et n'avait pas souhaité retenter le concours. Cette année-là lui avait coûté trop cher. Les sorties, le sport, les loisirs, les fêtes de famille… Tout. Il avait dû totalement revoir l'ordre de ses priorités et sa vie tout entière avait été mise entre parenthèses. Il avait fallu rogner sur chaque moment de détente,

1 Putain !

sur chaque instant de plaisir. Grappiller chaque fraction de seconde pour bûcher à s'en abrutir. Cette année de préparation au concours avait été une année de renoncement. Une année de compétition. De rivalités. L'accomplissement du moindre geste de la vie quotidienne qui l'arrachait à ses cahiers avait été diabolisé, considéré comme autant de temps perdu qui menaçait de l'éloigner de son objectif et donnait autant d'occasions à d'autres de se rapprocher du leur. Lui, qui avait reçu jusque-là une éducation altruiste où solidarité et compassion constituaient autant de leviers, autant de clés de résolution pour affronter les difficultés de quelque nature qu'elles soient, avait eu du mal à s'adapter à ce changement de philosophie. Cette altération de la perception de l'autre lui avait semblé aux antipodes du principe de relation d'aide inhérent au métier de soignant et n'avait pas été sans le laisser perplexe sur les facultés attendues chez ses futurs collègues. Aussi peu de coopération que de collaboration. Tel un gladiateur, il avait eu l'impression d'avoir été jeté seul contre tous dans une arène où tous les coups étaient permis pour sauver sa peau sous le regard complice d'une assistance qui connaissait l'issue et cautionnait les infâmes règles du jeu.

Cela avait généré chez lui des réactions inattendues et des sentiments ambivalents. En préparant son repas ou en faisant sa vaisselle, il lui était arrivé de se dire que, pendant ce temps, quelqu'un, quelque part devait être en train d'étudier telle ou telle notion, revoir tel ou tel schéma. Au-delà du sentiment de culpabilité provoqué par la conviction qu'il perdait bêtement son temps dans la réalisation de tâches sans intérêt, il avait senti monter en lui une colère inexplicable et avait nourri un sentiment de haine inédit à l'encontre de ce système qui imposait à qui voulait réussir de ne plus considérer l'autre autrement qu'un rival qui employait son temps mieux que lui. Un ennemi capable des pires vilenies pour garantir sa place dans le sacro-saint numerus clausus.

Dans cette course éperdue contre la montre, contre les autres et surtout contre lui-même, il avait restreint ses besoins y compris les plus primaires. En guise de repas, il ne consommait plus que des plats préparés insipides et sans grande valeur nutritive mais qui présentaient l'avantage de pouvoir être engloutis aussi rapidement qu'ils avaient été réchauffés. Il avait toujours montré un intérêt pour les plaisirs de la table et n'avait pas trouvé son compte dans ce nouveau mode alimentaire qui l'avait rapidement dégoûté. Si bien qu'il s'était peu à peu détourné de la nourriture et avait perdu beaucoup de poids en peu de temps. En période d'examen, poussé dans ses derniers retranchements, il ne dormait plus qu'une paire d'heures par tranche de vingt-quatre heures. Et, dans le but de grappiller encore quelques précieuses minutes, il avait négligé son hygiène au point de ne se laver qu'un jour sur deux. Il avait soumis son organisme à un niveau de stress tel, qu'il en avait développé une pelade transitoire. Il avait vu ses cheveux tomber par poignées, révélant sur son crâne de jeune homme des zones totalement clairsemées qui n'étaient pas sans lui rappeler celui de son père, totalement dégarni à l'approche de la cinquantaine. Sa relation avec sa copine en avait également fortement pâti. Sa petite amie s'était patiemment associée à cette épreuve et avait synchronisé son agenda avec les petites fenêtres qu'il pouvait lui accorder. Alors qu'ils n'en étaient qu'au tout début de leur histoire, ils avaient tous deux accepté de renoncer à passer plus de temps ensemble. Et tout, ça pour rien ! Malgré d'excellents résultats, il avait échoué aux portes du numerus clausus. Épuisé.

Suite à cet échec, il avait fait le choix de ne pas retenter l'expérience. Démoralisé, il avait été tenté dans un premier temps de changer complètement d'orientation et avait sérieusement envisagé de renoncer définitivement à ce projet qui lui tenait pourtant à cœur et qu'il caressait de longue date. Puis, des amis lui avaient parlé d'une voie parallèle. Plus onéreuse, mais qui présentait l'avantage de lui permettre de concrétiser son projet professionnel. Il n'était pas question, comme il avait pu le redouter, d'aller acheter son diplôme de pharmacien en Espagne. Cette option permettait simplement à des néo-bacheliers d'accéder directement à cette formation exigeante sans passer par le rouleau-compresseur de la première année de médecine ou à des candidats malheureux ayant, comme lui, échoué au concours et qui ne voulaient plus connaître les affres inévitables de cette machine infernale. Une solution qui réduisait considérablement la part de hasard et constituait une véritable opportunité pour qui acceptait de s'expatrier et d'étudier dans une langue étrangère. Il était désormais installé dans une colocation qu'il partageait avec d'autres jeunes compatriotes qui s'étaient perdus dans les méandres obscurs des plateformes d'orientation post-baccalauréat et dont certains, comme lui, étaient revenus écorchés.

— *Joder !*

La veille déjà, lors d'une de leurs sessions d'Urbex, il ne s'était pas senti en grande forme. Mais il n'aurait manqué ça pour rien au monde et n'avait pas trop tenu compte de cette baisse de régime qu'il avait crue passagère. Passionné par cette discipline qui consistait à visiter des lieux abandonnés sans l'autorisation de leurs propriétaires, il avait préparé cette exploration pendant plusieurs jours. Arrivé sur place, il n'avait rencontré aucune difficulté à franchir l'une des hautes grilles en métal destinées à protéger le site des intrusions. Mais ce jeune sportif s'était retrouvé essoufflé avant même d'atteindre le premier pan de mur du cloître. L'ancien monastère situé non loin de Saragosse l'avait impressionné tant par sa taille imposante que par la beauté de ses façades aux nombreuses ouvertures majestueuses, bien que la plupart aient été dépossédées du moindre carreau comme si elles avaient subi le souffle d'une violente explosion.

Lorsqu'ils avaient poussé la lourde porte d'entrée qui donnait sur l'immense patio rectangulaire, ils avaient délogé un escadron de pigeons. Les volatiles, dont les nombreux excréments au sol portaient à croire qu'ils étaient installés en ces lieux depuis longtemps déjà, s'étaient réfugiés sur les hautes poutres de l'entrée et regardaient les explorateurs évoluer dans cet environnement délaissé depuis si longtemps par l'homme que la nature commençait à y reprendre ses droits. Ici, de hautes herbes semblables à des lianes avaient léché les murs extérieurs et se penchaient aux fenêtres pour coloniser les lieux. Là, d'épaisses racines tentaculaires avaient choisi la voie souterraine et avaient entamé la résistance de la chape, poussant les grandes dalles rectangulaires qui la recouvraient, les obligeant par endroits à s'écarter pour leur céder le passage.

À l'intérieur, il avait été saisi par la fraîcheur des lieux. Au sol, de larges carreaux de ciment formaient de savantes figures géométriques dans des camaïeux de bleu et de gris. Au milieu du large hall d'entrée, trônait une immense volée d'escalier. Elle desservait plusieurs niveaux avant de déboucher sur une salle majestueuse dont les boiseries aux fines ciselures habillaient un haut plafond duquel se détachait un profond balcon à la rambarde savamment travaillée. Les trois explorateurs avaient supposé que cette salle magnifique avait dû faire office de lieu de regroupement pour les grandes occasions à l'époque où les Frères occupaient encore les lieux, et que ce balcon avait pu servir de tribune pour les orateurs ou prédicateurs.

Malgré la beauté et la richesse des lieux, il n'avait eu cependant qu'une hâte, rentrer au plus vite à la coloc pour retrouver le confort douillet de sa couette. Bien qu'ému par les vestiges d'un passé dont il ignorait tout, il n'avait pas souhaité s'attarder pour tenter d'en découvrir davantage. Il n'avait pas pris la peine de feuilleter ce qui semblait être un vieux cahier de bord rédigé autrefois par les occupants des lieux et qui constituait pourtant indéniablement une précieuse mine d'informations, et s'était montré pressé d'en finir. Il avait demandé à ses amis d'enfiler rapidement leurs masques et avait expédié la série de photos sur lesquelles ils s'affichaient comme à l'accoutumée tout en dissimulant leur identité derrière de larges têtes de vaches rouges aux longues cornes bleues, à l'effigie de leur Béarn natal.

De retour à la coloc, alors que ses compagnons d'exploration échangeaient les nombreuses images et vidéos qu'ils avaient prises pendant leur expédition clandestine, il avait été pris de violents frissons et avait préféré partir se coucher en espérant mieux se porter le lendemain.

Mais les choses ne s'étaient pas améliorées pendant la nuit. Loin de là. Grande lassitude, maux de tête, forte fièvre, gêne respiratoire, perte des sensations olfactives et gustatives. Il présentait à présent tous les symptômes. Pas besoin d'être médecin, ni d'aller se faire enfoncer un écouvillon au tréfonds des narines pour comprendre qu'il avait contracté ce putain de virus qui se répandait sur la planète d'une manière inédite depuis plusieurs semaines. Même si ses jours n'étaient pas en danger et que sa récupération serait probablement rapide, il n'ignorait pas que dans ce contexte de pandémie mondiale, un résultat positif à un test PCR lui conférerait pour quelques semaines un statut presque aussi enviable que celui des pestiférés par les siècles passés. Dans sa situation, cela se traduirait fatalement par une mise à l'écart de l'Université ainsi qu'un isolement d'au moins une quatorzaine, selon le terme dédié. Il voyait également se profiler le risque de ne pas pouvoir passer la frontière pour rentrer en France la semaine suivante, perspective totalement inenvisageable pour lui. À tout juste vingt ans, il n'avait jamais eu à affronter une situation de ce genre et ne se sentait pas suffisamment armé pour la gérer seul. À ses yeux, la cellule familiale protectrice était le seul et unique endroit envisageable pour une hypothétique convalescence et il souhaitait retourner au bercail au plus vite. Cela ne signifiait pas pour autant qu'il veuille mettre quiconque en danger. Pas plus les membres de sa famille que ceux de la coloc.

Ce soir-là, les trois amis tentèrent d'envisager le problème sous tous ses angles et de nombreuses questions vinrent alimenter leurs discussions.

Devaient-ils rester en Espagne le temps qu'Antonin aille mieux ? Fallait-il au contraire organiser rapidement un retour en France ? Et dans ce cas, dans quelles conditions ? Antonin devait-il se faire tester ? Devaient-ils envisager de tous se faire tester ? En Espagne ? En France ? Quels étaient les risques ? Les implications ?

D'ordinaire, les jeunes Béarnais organisaient un aller-retour en France tous les quinze jours. Mais ils avaient été contraints de déroger à leurs habitudes de migration bimensuelle et étaient restés plusieurs semaines d'affilée en Aragon pour se soumettre aux examens de fin de semestre. Ils ressentaient désormais un besoin viscéral de se retrouver dans le giron familial.

Tous trois se destinaient à des professions médicales ou paramédicales et avaient conscience que certains éléments de leur réflexion n'étaient pas tout ce qu'il y avait de plus déontologique, ni de plus civique. Alors qu'ils étaient restés encore très proches de leurs parents et qu'ils ne manquaient pas de les appeler plusieurs fois par semaine, qui pour compléter une recette, qui pour demander à quelle température laver son linge, qui pour montrer en vidéo la couleur du morceau de viande qu'il s'apprêtait à faire cuire pour s'assurer que celui-ci n'avait pas viré…, les trois jeunes adultes décidèrent cette fois de gérer la situation comme des grands sans consulter leurs familles au préalable. Ils souhaitaient que cette décision leur appartienne à eux seuls. Cela leur convenait d'autant mieux qu'ils n'étaient pas sans savoir que leurs proches ne valideraient pas tous les choix qu'ils s'apprêtaient à faire et que, compte tenu de leurs professions et de leurs sensibilités respectives, certains d'entre eux ne manqueraient pas de leur faire un rappel à la loi dont ils préféraient se passer.

Après moult tergiversations, ils tombèrent d'accord sur le fait que chacun d'entre eux préférait retourner dans sa famille le plus tôt possible. De plus, ils n'avaient pas la preuve irréfutable qu'Antonin soit contaminé par ce virus. Ils décidèrent donc qu'ils prendraient la route comme d'habitude, juste après les cours. Cependant, contrairement à ce qui était prévu de longue date, ils n'attendraient pas le week-end suivant pour rentrer et traverseraient les Pyrénées dès le lendemain soir. Ils choisissaient donc de réserver à leurs familles respectives la surprise de leur retour anticipé. Ils les informeraient à leur arrivée de la forte probabilité d'avoir été en contact avec le virus. Ils avaient l'intention de se faire tester au plus vite dans le laboratoire où travaillait la mère de l'un d'entre eux. En attendant les résultats, chacun appliquerait les gestes barrière de manière stricte de façon à ne prendre aucun risque et à ne contaminer personne.

Tout était donc calé pour le lendemain soir. Ils estimaient tenir la situation sous contrôle. Avant d'aller se coucher, ils réglèrent un dernier détail. L'option retenue pour résoudre cet ultime point ne revêtait pas un caractère plus déontologique que la précédente. Pas plus civique non plus. Et était par ailleurs, totalement illégale.

CHAPITRE 2

Oloron Sainte-Marie,
Vendredi 6 mars 2020, 18 heures.

Quand elle avait compris qu'il viendrait la rejoindre, elle avait abandonné sa confortable tenue de soirée et avait quitté les charentaises moelleuses dans lesquelles elle avait pour habitude de s'installer chaque soir à son retour du travail, et elle était ressortie. Elle était passée chez le boucher, chez le fromager, chez le boulanger. Avant de retourner chez elle, elle avait même pensé au dessert et avait fait un léger détour pour acheter deux parts de ce joyau inimitable de la gastronomie locale que seules quelques boutiques de la ville proposaient et dont le prix au centimètre carré constituait à lui seul un sujet de conversation tant pour les autochtones que pour les touristes.

Il pouvait lui arriver de passer des heures en cuisine à lui préparer de bons petits plats. Une blanquette de veau à l'ancienne, une moussaka ou encore des lasagnes, avec une sauce maison et des pâtes fraîches. Quand elle avait le temps, elle se faisait une fête de commencer à préparer la sauce la veille, la laissait patiemment réduire à feu doux pour l'oublier ensuite toute la nuit et ne couper la cuisson que le lendemain matin. Mais elle savait également s'affranchir de ces longues heures de préparation sans renoncer pour autant, ni aux instants de convivialité, ni aux plaisirs de la table. Quand elle était un peu prise de court, qu'elle pressentait qu'elle n'aurait pas le temps de cuisiner, elle savait pouvoir compter sur l'imparable formule magique qui lui permettait de faire mouche chaque fois et à peu de frais de préparation. Elle avait alors recours à son imparable menu *Pains, Vins, Fromages* agrémenté de charcuterie fine et de quelques fruits secs.

De retour dans cet appartement qu'aucun souffle ne s'était aventuré à déranger depuis de longues semaines, elle promena l'aspirateur sur un sol immaculé sur lequel même la poussière semblait avoir renoncé à se poser. Ses mains virevoltèrent délicatement et redonnèrent rapidement une ligne harmonieuse au bouquet champêtre posé sur le petit meuble d'entrée. Elle esquissa quelques pas de danse en direction de la pièce à vivre. Tout en fredonnant, elle tourbillonnait autour de la table et disposait savamment les sets de table et les serviettes assorties.

Dans la frénésie des préparatifs, elle reconnaissait ce mélange d'impatience et d'excitation qui commençait à la gagner. Ce soir, elle serait toute à son bonheur. Plus rien n'aurait d'importance. Elle l'aurait rien que pour elle. Pour tout un week-end. Ce soir, elle en était sûre, il serait là.

CHAPITRE 3

Oloron Sainte-Marie,
Vendredi 6 mars 2020, 20 heures.

Hissée sur la pointe des pieds, Evelyne était postée à la fenêtre de sa cuisine et tirait désespérément le cou pour tenter d'apercevoir les allées et venues dans la petite rue, en bas de chez elle. Elle avait hâte d'entendre le bruit du moteur puis le claquement de la portière, hâte d'entendre la valise rouler sur le bitume cabossé puis buter, sans ménagement aucun, sur chaque contre-marche de l'escalier en marbre de la résidence. Elle savait que ça n'allait plus être très long. D'ici quelques minutes c'en serait fini du supplice de l'attente, de la solitude, du silence.

Comme chaque dernier vendredi soir du mois, elle se retrouverait bientôt dans l'embrasure de la porte. Elle le regarderait monter les dernières marches, lui offrirait le plus doux des sourires, lui ouvrirait les bras. Elle ne lui laisserait pas le temps de poser ses bagages et se jetterait à son cou. Elle glisserait avidement son nez dans ses cheveux à la recherche de cette odeur qui, depuis leurs tous premiers instants, n'avait jamais cessé de l'enivrer. Elle ne relâcherait pas son étreinte, obligeant son hôte à se casser en deux.

Comme chaque dernier vendredi soir du mois, il la garderait quelques minutes pendue à son cou, la laisserait s'agripper à ses épaules telle une nageuse imprudente qu'il aurait sauvée de la noyade. Puis il finirait par lui demander grâce, la prierait de le laisser respirer et de lui donner l'autorisation d'entrer.

Comme chaque dernier vendredi soir du mois, elle se sentirait un brin confuse de s'être laissée aller ainsi. Avec un sourire complice, elle accepterait le petit sachet de confiseries délicatement enveloppées dans de jolis papiers multicolores. Elle s'empresserait de lui céder le passage pour s'inscrire dans son sillage. Elle profiterait de la manœuvre pour admirer sa silhouette imposante s'avancer dans le long couloir et ne manquerait pas de détailler son cou massif, ses larges épaules de sportif.

Comme chaque dernier vendredi soir du mois, ils iraient s'installer sur le canapé pour déguster l'apéritif dînatoire composé de ses mets préférés. Il servirait le vin qu'elle avait pris soin de laisser décanter dans une carafe. Elle l'observerait faire tourner son verre, le porter à hauteur des yeux en direction de la lumière. Elle l'écouterait attentivement qualifier la couleur de la robe, évaluer la jambe, la qualité des larmes, estimer le taux de glycérine. Elle tenterait de l'imiter lorsqu'il plongerait son nez dans le verre pour humer le breuvage. Docilement, elle se prèterait à son tour à l'exercice. Elle essaierait de retrouver les notes minérales, boisées, fruitées savamment débusquées par son mentor, ferait tourner le vin dans sa bouche en sifflant entre ses dents à la recherche d'arômes qu'elle ne parviendrait pas toujours à identifier.

C'était lui qui l'avait initiée à la dégustation du vin. Elle n'avait jamais vraiment eu l'occasion d'y goûter auparavant.

Quand elle était enfant, son père s'autorisait à déboucher une bouteille le dimanche, plus par habitude que par réel plaisir. Sa mère n'y touchait pas. Personne ne lui en avait jamais proposé, elle n'avait jamais demandé. À l'heure des premières sorties, elle avait fait l'expérience des piquettes de mauvaise qualité et avait préféré se tourner vers les cocktails, plus sucrés. N'ayant pas compté d'amateur éclairé dans son entourage, arrivée à l'âge adulte, elle avait déclaré ne pas aimer le vin, à l'instar de son compagnon, amateur de bières.

C'était donc Simon qui avait entrepris de partager avec elle ses connaissances en la matière. À la surprise de son entourage, lorsqu'il lui avait été demandé quelques années plus tôt, s'il souhaitait quelque chose de particulier pour Noël, il avait exprimé le désir de combler une faille dans son éducation et avait formulé le souhait de suivre un stage d'œnologie.

Plus que les mets et boissons qu'ils dégustaient ensemble, elle aimait ce rituel qui s'était peu à peu mis en place entre eux deux, et pour rien au monde elle n'aurait dérogé à ce qu'elle nommait affectueusement leurs *DVDM*, leurs *Derniers Vendredis Du Mois.*

Au cours de ces deux années, ils avaient mis en place un autre rituel qui, même à distance, leur permettait de se sentir proches l'un de l'autre. Il l'appelait tous les soirs. La plupart du temps en appel vidéo. C'était toujours lui qui l'appelait, en fonction de ses disponibilités. Jamais l'inverse. Le plus souvent entre 17h et 18h. Jamais après 19h. Ils se racontaient les détails de leur journée. Elle lui disait qu'il lui manquait. Il lui disait que ce n'était que l'affaire de quelques temps, qu'il viendrait vite la voir, qu'il lui accorderait tout son week-end. Les seuls soirs où il ne la contactait pas, c'est qu'il était sur la route. Pour venir la rejoindre. D'habitude, il lui envoyait un message depuis la villa avant de partir, mais ce n'était pas systématique.

Il pouvait lui arriver de ne pas avoir le temps. De toute façon, il savait bien qu'en toute circonstance, quel que soit le jour et quelle que soit l'heure, elle l'accueillerait toujours à bras ouverts…

Ce soir-là, quand à dix-neuf heures passées, elle avait compris qu'il ne l'appellerait pas, elle avait pris l'initiative de contacter Andrea et Arturo, les propriétaires qui louaient la chambre à Simon. L'air de rien, elle leur avait demandé s'ils savaient si ce dernier était à la coloc. Pour la rassurer, Arturo était passé devant la villa située au bout de la calle Cervantes, à deux pas de chez lui. Il lui avait indiqué que les volets des trois chambres donnant sur la rue étaient fermés et qu'aucune voiture immatriculée en France ne se trouvait ni dans la rue, ni dans le garage.

Elle avait remercié Arturo, s'était excusée mille fois pour le dérangement. Au fond d'elle, elle était folle de joie. Ce soir, celui qu'elle appelait affectueusement *son grand couillon* serait à ses côtés. Ce soir, elle recevrait la visite de son fiston.

CHAPITRE 4

Villanueva de Gállego (Espagne)
Vendredi 6 mars 2020, 20h.

Antonin avait été gavé de paracétamol pour faire baisser la fièvre. Simon avait pris soin de désinfecter méticuleusement la totalité de l'habitacle de la voiture à l'eau de javel et avait préparé une solution désinfectante *maison* dont chacun pourrait s'asperger autant que de besoin pendant le voyage. Antonin n'étant pas en état de conduire, ils avaient établi la veille que ce serait Maxime qui servirait de chauffeur. Comme prévu, Maxime s'installa donc au volant de la petite 307 d'Antonin. Il régla le siège à sa hauteur ainsi que les rétroviseurs et prit une profonde inspiration. Il avait déjà parcouru des distances équivalentes en conduite accompagnée avec ses parents, mais ce voyage-là revêtait un caractère singulier.

Lors de leurs discussions de la veille, ils avaient imaginé plusieurs scenarii au cas où ils devraient se soumettre à un contrôle de police. Ils avaient d'abord envisagé de déclarer que Maxime avait simplement oublié son portefeuille. C'était plausible. Cela pouvait arriver à des citoyens tout à fait ordinaires d'oublier leurs papiers et de parcourir de longues distances, parfois toute une partie de l'Europe, sans que cela fasse d'eux des délinquants pour autant. Le chauffeur distrait commencerait par s'excuser pour cette faute d'inattention et s'acquitterait de la contravention forfaitaire pour défaut de présentation de documents… Mais après réflexion, ils s'étaient aperçus que leur stratagème ne tiendrait pas bien longtemps et que Maxime se trouverait rapidement dans une autre impasse de laquelle il lui serait impossible de s'extraire. En cas de contrôle, il lui serait immanquablement demandé de se présenter ultérieurement dans un bureau de police afin de produire un permis de conduire… qu'il ne possédait pas encore ! Cette option ayant été jugée trop risquée, ils en avaient préféré une autre. Non seulement Maxime occuperait la place d'Antonin au volant, mais il utiliserait également ses papiers, dont le permis de conduire. Tous deux étaient de même carrure, avaient une carnation de peau et une coupe de cheveux similaires. On pouvait les confondre. Ça pouvait passer.

Ils quittèrent donc leur oasis vers seize heures. Il leur fallut tout d'abord traverser les interminables plaines arides du Haut Aragon qui s'étalaient à perte de vue. De part et d'autre, tout autour d'eux, ce n'étaient que des dégradés de jaune. Leur impatience se faisait plus vive au fur et à mesure qu'ils avançaient vers le nord. Enfin, ils les virent poindre au loin. Leurs chères Pyrénées bleues. Ils voyaient se détacher la chaîne salvatrice dont les cols se présentaient de manière inversée pour qui a l'habitude de les admirer depuis le Béarn. Comme d'habitude, ils avaient prévu de s'arrêter quelques minutes à la station-service de Villanua afin de profiter des tarifs de carburants plus avantageux qu'en France. Comme ils n'avaient pas pris le temps de manger avant de partir, ils avaient décidé qu'ils profiteraient de cet arrêt pour passer par la petite venta située juste en face. Ils fréquentaient régulièrement cet établissement afin d'effectuer des achats à moindre coût que leurs familles et amis ne manquaient pas de leur commander à chacune de leurs traversées des Pyrénées. Mais cette fois, il ne serait pas question de se charger en alcool ou en tabac. Simon irait chercher des sandwiches et des bouteilles d'eau pendant que Maxime ferait le plein et ils reprendraient la route aussitôt.

C'est en sortant de la bourgade d'Hostal de Ipiès qu'ils l'aperçurent. Planté au milieu de la route. Dans cette zone désertée par les hommes au profit des corbeaux, c'était à croire qu'il n'attendait qu'eux. Il était là. Les bras en équerre pour leur indiquer de garer le véhicule sur le bas-côté près de la voiture où l'attendait son inséparable binôme… Un *Guardia Civil.*

CHAPITRE 5

Oloron Sainte-Marie,
Vendredi 6 mars 2020, 21 heures.

Les fromages et charcuteries disposés sur la table étaient à présent à la même température que le vin. Mais Evelyne n'en tenait aucun cas. Elle frottait nerveusement ses mains l'une contre l'autre, serrant ses doigts à s'en broyer les phalanges. À la joie simple et pure des préparatifs était venue se greffer une impatience. Tout d'abord agréable, la douce chaleur que la perspective de ces retrouvailles avait fait poindre s'était peu à peu estompée, faisant place au creux de son ventre à une tension froide, sourde, implacable. Elle n'aimait pas le savoir sur la route. Deux ans pourtant qu'il avait commencé ses études. Elle ne parvenait pas à s'y habituer. C'était plus fort qu'elle. C'était ainsi. Elle ne pouvait s'empêcher de s'inquiéter. Seule l'arrivée de Simon saurait la libérer de ce nœud qui la serrait à l'en étouffer.

Elle entendait ses propres pas résonner sur le parquet de l'appartement. Elle ne tenait plus en place. Selon ses calculs,

Simon aurait dû être là depuis plus de deux heures. Et elle n'avait toujours aucune nouvelle. Elle lui avait laissé plusieurs messages écrits, en vain. Elle se levait, s'asseyait, se relevait, tournait en rond, incapable de se poser ni de se raisonner. Elle avait également essayé de le joindre directement sur son téléphone, sans davantage de succès. Elle tenta encore une fois, mais tomba à nouveau sur la messagerie.

En raccrochant, elle les entendit au loin. Elle reconnaissait le bruit sec de leurs atroces sabots. Leurs hennissements effroyables. Cela ne faisait aucun doute. Ils étaient de retour. Dans cette longue nuit noire et éprouvante qui se préparait, elle ignorait quand elle allait les voir débouler et si elle réussirait à les contenir. Cette fois, elle craignait de ne pouvoir leur échapper.

CHAPITRE 6

Huesca (Espagne),
Vendredi 6 mars 2020, 21h.

— *Hey ! Qu'est-ce que tu regardes l'auto ?*
— *Pourquoi tu regardes l'auto ?*
— *Pourquoi tu regardes l'auto ?*
— *Pourquoi tu regardes l'auto ?*

Maxime avait scrupuleusement effectué tous les contrôles dans les rétroviseurs et avait prudemment repris la route. Les trois amis étaient restés silencieux. Ils avaient attendu que la voiture de la Guardia Civil soit définitivement hors de portée de vue, puis, après de longues minutes, ils avaient été pris d'un irrépressible fou rire collectif et s'étaient mis à scander le slogan d'une vidéo virale qu'ils avaient, eux aussi, détournée à leur façon quelques mois plus tôt avec ce même véhicule qui s'apprêtait à les transporter du côté français des Pyrénées. Ils avaient eu chaud, mais leur stratagème avait fonctionné ! Incroyable !

Le policier espagnol avait fait le tour du véhicule et leur avait demandé leurs papiers à tous les trois. En cette période inédite depuis la signature des accords de Schengen où l'on évoquait la possibilité temporaire de fermer hermétiquement les frontières pour éviter la circulation du coronavirus, ce n'était pas la première voiture d'étudiants français qu'il voyait passer. Tout lui avait semblé en ordre. Il les avait salués et leur avait conseillé la prudence pour la suite du voyage.

Un peu avant d'arriver à la station-service, Maxime s'arrêta quelques minutes pour soulager un besoin naturel. Il allait remettre le contact quand ils entendirent quelqu'un les héler. Ils virent alors deux jeunes gens qui s'approchaient du véhicule et qui leur faisaient signe de les attendre. L'un deux poussait une moto, l'autre tenait un bidon à la main. Les trois amis les laissèrent arriver à leur niveau. Le jeune homme qui portait le bidon s'en débarrassa en le jetant dans le fossé et se dirigea du côté du conducteur. Bien campé sur ses deux jambes, il menaça Maxime d'une arme à feu qu'il tenait fermement à deux mains. L'autre s'approcha de la fenêtre ouverte du côté passager. Il cala la moto et brandit un couteau sous le nez de Simon.

— On va pas y aller par quatre chemins, les gars, les informa-t-il. Personne ne va jouer au héros et tout va très bien se passer. Vous allez commencer par nous donner vos porte-feuilles et vos téléphones.

Le gars au couteau s'était exprimé dans un français parfait, dépourvu de la moindre pointe d'accent. Alors que son complice tenait toujours Maxime en joue, il fouilla dans ses poches et tendit à Simon un sac en plastique destiné à recueillir leurs affaires. Les trois amis n'opposèrent aucune résistance et obéirent sans un mot. Pour fouiller plus facilement dans le sac que Simon lui rendit, il glissa son couteau entre ses dents. Il le tenait en écartant les lèvres afin d'éviter de se couper, ce qui lui donnait un sourire de bolchevik sanguinaire. Dans d'autres circonstances, cette image n'aurait pas manqué de faire sourire les étudiants, mais l'heure n'était pas vraiment à la plaisanterie et ils se dispensèrent de tout commentaire. Sans aucun état d'âme, le *car-jacker* se débarrassa des téléphones qui dévalèrent la pente avant de s'écraser dans le ravin situé en contre-bas puis examina le contenu des porte-feuilles. Le peu d'argent liquide qui s'y trouvait se retrouva rapidement au fond de la poche de son blouson. Il prit également les cartes bleues et jeta négligemment les porte-feuilles par-dessus son épaule. Il récupéra son couteau, et d'un revers de la main, essuya un filet de salive qui avait coulé sur son menton.

— C'est très bien, reprit-il toujours sur le même ton, extrêmement calme. Maintenant, vous allez me donner vos codes de carte bancaire. Je vous écoute !

Tout en parlant, il tapotait les cartes bleues avec la pointe de son couteau. Les étudiants n'hésitèrent pas un instant et s'exécutèrent docilement.

— Ne vous inquiétez pas, ça ne va plus être très long, les rassura-t-il. Juste le temps de passer au distributeur. Mon copain va vous tenir un peu compagnie en attendant.

L'individu au pistolet monta à l'arrière, à côté d'Antonin. Il tenait toujours Maxime dans sa ligne de mire, lui interdisant de bouger et le contraignant à garder les mains sur le volant. Son acolyte au couteau enfourcha sa moto et s'éloigna. Un silence tendu régnait dans le véhicule. Une fois n'est pas coutume, les trois amis qui avaient eu depuis quelques temps une curieuse tendance à jouer au chat et à la souris avec les forces de l'ordre espagnoles, auraient bien aimé voir de nouveau apparaître un véhicule de la *Guardia Civil*.

Quelques semaines plus tôt, lors d'une soirée un peu arrosée entre compatriotes dans une colocation qui jouxtait la leur, ils avaient réussi à se sortir d'une situation un peu compliquée suite à une plainte de voisinage pour tapage nocturne. Exaspérés par le bruit en provenance d'un appartement avec toit-terrasse, les riverains avaient fait appel aux forces de l'ordre pour que cessent sans délai les vociférations qui s'acharnaient à brailler depuis trop longtemps les louanges d'un fameux trois mâts, lequel, entre autres caractéristiques, présentait celle d'être fin comme un oiseau. Hissés haut sur leur mirador, les chanteurs avaient aperçu le véhicule de la *Guardia Civil* qui remontait la rue. Les invités les plus sobres s'étaient rués à l'arrière de l'appartement pour emprunter la coursive au-dessous du balcon de la cuisine qui permettait de rejoindre une petite cour de l'autre côté du jardin. Maxime et Simon avaient pris soin de fermer le verrou derrière eux afin que personne ne puisse pénétrer dans la cour et avaient rapidement rejoint leur appartement situé au premier étage. Lorsque les policiers étaient montés dans l'appartement où avaient débuté les festivités, les fuyards avaient recommencé à brailler au son de la guitare depuis le bâtiment d'en face afin de disculper leurs amis, qui avaient, quant à eux, déclaré avoir été fortement gênés par les mugissements qui provenaient de l'autre côté de la cour. Sceptiques, les agents avaient fait le tour de l'appartement, vide. Ils avaient alors souhaité bonne nuit aux occupants des lieux et étaient repartis continuer leur tournée. En se précipitant dans les huit chambres du grand appartement pour venir en aide aux fêtards les moins prompts à courir, les locataires n'avaient pas manqué de chanter les louanges de la propriétaire des lieux pour son goût prononcé pour le design ainsi que l'optimisation des espaces. Ils avaient actionné le mécanisme permettant de soulever à la verticale les sommiers des immenses lits-coffres commercialisés par un célèbre designer suédois et avaient libéré pas moins de seize fêtards embusqués, parmi lesquels se trouvait Antonin, déjà profondément endormi.

Mais ce soir, sur cette route déserte, sous l'œil vigilant d'un tortionnaire dont ils ignoraient la nationalité, il n'était plus question de jouer au gendarme et au voleur avec les forces de l'ordre. Piégés dans leur propre véhicule, les trois étudiants n'avaient point de stratégie de repli.

Au bout de quelques minutes, le téléphone de leur geôlier resté mutique vibra.

Antonin commença alors à s'agiter. Ses deux amis mirent d'abord cet état sur le compte de la fièvre qui devait recommencer à monter en flèche, mais quand ils virent l'individu lui asséner un coup de crosse au niveau de la mâchoire, ils comprirent que leur compatriote avait essayé de jouer au plus malin avec leurs agresseurs.

— *Dame tu código de tarjeta de crédito ! Gilipollas !*[1]

— Putain, Anton… souffla Simon.

— *Cállate !*[2]

Et Simon eut droit au même traitement que son camarade. Il reçut lui aussi un sévère coup de crosse sur l'arrière du crâne. Cette fois, Antonin ne tenta pas le diable et donna le code correct sans plus de délai. Quelques minutes après, le téléphone de leur bourreau vibra une nouvelle fois. Il consulta le message, toujours sans moufter. Ils ne tardèrent pas à entendre la moto qui revenait.

— *Ya está bien !*[3] indiqua le motard à son comparse.

Leur invité silencieux prit congé d'eux pour rejoindre prestement son ami sur la moto non sans avoir pris la précaution de crever la roue avant-gauche du véhicule. Pour s'assurer de ne pas être suivi, il pointa de son arme la voiture jusqu'à ce que la moto disparaisse totalement de leur champ de vision.

---

1 Donne-moi ton code de carte bleue ! Connard !
2 Tais-toi !
3 C'est bon !

— Mais, putain, Tonio ! Mais t'as vraiment rien dans le crâne ! hurla Simon quand ils se retrouvèrent seuls dans la voiture.

Stoïque, Antonin affirma qu'il avait bien senti que les agresseurs n'en voulaient nullement à leurs vies et précisa, qu'à aucun moment, il ne s'était senti en danger. Sidérés par tant d'inconséquence, ses deux amis ne discutèrent pas davantage et, pour la deuxième fois de la soirée, attribuèrent à la fièvre cette attitude saugrenue. Avant de repartir, il leur fallait encore se livrer à un exercice qui constituait une grande première pour eux trois. Antonin n'était pas tout à fait certain de posséder une roue de secours. Dans le doute, il préféra faire profil bas et fit le choix de se taire pendant que ses amis vidaient le coffre de son contenu. Il prit une inspiration en soulevant la tablette et poussa un soupir discret de soulagement en constatant qu'il y en avait bien une. Il ignorait s'il devait remercier ses parents, le concessionnaire ou le précédent propriétaire du véhicule, mais il eut une pensée pleine de gratitude pour cette personne prévoyante qui sans s'en douter le tirait d'un mauvais pas et lui évitait en même temps les reproches de ses amis, qui échaudés par les épreuves de la soirée n'auraient pas apprécié de se retrouver coincés là faute de roue de secours et ne seraient probablement pas restés sans le lui faire savoir.

Ils bataillèrent un moment avant de réussir à installer le cric. Ils s'aperçurent que ce n'était pas chose simple de démonter une roue. Sans compter qu'il fallait ensuite en placer une nouvelle en toute sécurité. L'affaire n'était pas gagnée. Heureusement pour eux, une voiture s'arrêta à leur niveau. Deux charmantes conductrices, très amusées par la situation, leur apportèrent leur aide et ils purent repartir peu après.

Il leur restait encore les Pyrénées à traverser. La montée jusqu'au long tunnel du Somport ne présentait pas de difficulté majeure mais la descente du côté français promettait d'être plus délicate, qui plus est pour un conducteur non diplômé. Selon les informations que les jeunes gens avaient obtenues via le réseau social des « Français de l'Université San Jorge » avant qu'on ne les prive de leurs téléphones, la route était dégagée et il ne semblait pas y avoir eu de contrôle de police depuis la fin d'après-midi. Maxime était tendu. En cette froide soirée d'hiver, il faisait maintenant nuit noire. Antonin s'était endormi à l'arrière et c'était Simon qui se chargeait de jouer le rôle de copilote. Contrairement à ce qu'il répétait fréquemment à ses parents, ce dernier n'avait pas encore commencé les cours de code en ligne, mais ça ne l'empêchait pas de prendre son rôle très à cœur. Les conditions étaient loin d'être idéales. À la sortie du tunnel, ils avaient vu le temps changer brutalement. Totalement dégagé du côté espagnol, le ciel avait accumulé du côté français des Pyrénées une humidité venue de l'océan Atlantique, portée par le vent d'ouest, et qui semblait les avoir attendus pour se décharger sur eux en une violente dépression. Ils n'y voyaient pas à deux mètres. Tandis que Maxime se concentrait sur le pilotage, Simon lui annonçait les passages délicats et les différents virages qu'il parvenait à distinguer sur les panneaux indicateurs. L'apprenti conducteur abordait les lacets avec autant de prudence que possible et tâchait de mettre en application les conseils que son moniteur auto-école lui avait donnés lors de sa dernière leçon de conduite. Il réduisait significativement sa vitesse en abordant les virages et appuyait sur l'accélérateur à la sortie pour redonner de l'adhérence au véhicule. La pluie abondante rendait la route glissante. Il se serait bien passé de cette difficulté supplémentaire, d'autant que, quelques mois plus tôt, lors d'une de leurs sorties d'exploration urbaine, il avait déjà fait la désagréable expérience d'un aquaplaning. Mais c'était sur une ligne droite et, différence non négligeable, ce n'était pas lui qui conduisait. Les yeux rivés sur la route, les mains crispées sur le volant, il avala ainsi les méandres de cette route tortueuse jusqu'à ce que, sans explication aucune, la petite voiture commença à donner des signes de fatigue. À l'instar de son propriétaire, elle toussa, trembla, éternua et s'arrêta brutalement, laissant là les trois aventuriers sur une route déserte. Sous une pluie battante. Par une nuit noire, sans lune et sans étoiles.

CHAPITRE 7

Oloron Sainte-Marie,
Vendredi 6 mars 2020, 21h30.

« Simon en retard. Je m'inquiète. T'as des nouvelles ? »

Evelyne avait fini par contacter Paul. Depuis leur séparation, quelques années auparavant, les messages écrits étaient devenus leur unique mode de communication ; elle ne pouvait pas en envisager d'autre. C'était au-dessus de ses forces d'entendre le son de sa voix. Une voix douce, qu'elle avait associée à tant d'années de bonheur et qu'elle n'avait plus entendue depuis le jour où il lui avait brutalement annoncé sa décision de mettre un terme à leur union. En vingt ans de vie commune, Paul et elle avaient toujours donné l'image d'un couple uni, solide. Ils menaient une vie confortable dans une maison cossue de la banlieue oloronaise qu'ils rénovaient peu à peu à leur goût. Ils venaient de décider de se marier. Alors que ni l'un ni l'autre n'avait jamais voulu en entendre parler pendant toutes ces années, ils avaient finalement décidé d'officialiser leur union. Paul lui avait fait sa demande en toute simplicité, un soir en rentrant du travail alors qu'il était sous la douche. Dans le plus simple appareil, il lui avait proposé de régulariser leur situation. Une autre aurait pu trouver que cette demande manquait singulièrement de romantisme. Evelyne y avait vu une déclaration d'amour, tout simplement.

Si elle n'avait pas hésité une seconde pour lui répondre, il lui avait fallu beaucoup plus de temps pour décider quelle tenue elle porterait pour l'événement. Craignant de se sentir déguisée, elle n'avait jamais réussi à pousser la porte d'une boutique de robes de mariées. Une de ses amies dotée d'un talent naturel pour la couture lui avait proposé d'adapter un tailleur pantalon. Cette solution lui avait parfaitement convenu. Et le simple fait d'imaginer à l'avance les séances de retouches dans la cuisine de sa vieille copine l'avait emplie de joie.

Ils devaient encore choisir le traiteur et visiter des lieux qui permettraient de festoyer en petit comité et d'héberger leurs invités pour tout un week-end. Juste la famille et une poignée d'amis et de collègues. Une petite cinquantaine de personnes au total.

Elle, qui n'avait pas eu une enfance très rose, avait trouvé un équilibre avec son compagnon. Ils avaient des vies professionnelles riches. Un fils magnifique. Ils étaient en bonne santé. Ils étaient en projet. Tout allait bien. Elle était heureuse.

Elle se souvenait du début de cette journée dans les moindres détails. C'était le dernier samedi du mois d'avril. Ils revenaient d'un rendez-vous avec l'imprimeur pour choisir les faire-parts. Ils n'avaient eu besoin de discuter ni sur la forme ni sur le fond. Alors que ces choses-là relèvent souvent du parcours du combattant, ils étaient tombés tout de suite d'accord. C'était une belle journée ensoleillée. En sortant de chez l'imprimeur, il lui avait proposé de passer chez le boucher pour acheter une côte de bœuf qu'il cuirait au barbecue avec les derniers sarments de vigne qui leur restaient de la saison passée. Elle était face à la fenêtre de la cuisine à déballer le paquet soigneusement emballé par le boucher lorsqu'elle l'avait entendu :

— Evelyne, il faut que je te dise… Je… Je vais partir… Je te quitte…

Elle n'avait pas tout de suite compris. Comme dans un film où tout aurait marché au ralenti, elle s'était lentement retournée, lui avait demandé de répéter. La suite, elle avait du mal à s'en souvenir avec précision. Elle était restée un moment interdite. Dans un brouillard épais, elle l'avait entendu proposer d'envoyer Simon chez ses cousins pour le week-end… Lui-même irait dormir chez ses parents…

Elle avait senti ses jambes se dérober et avait dû s'agripper fermement à la table pour parvenir à rester debout. Puis, quand elle s'était retrouvée seule, elle s'était laissée glisser sur le sol de la cuisine et était restée prostrée ainsi jusqu'à ce que Pilou vienne gratter derrière la porte avec insistance et l'oblige à se relever. En se dirigeant vers la porte de la cuisine, elle avait jeté un regard désespéré à la côte de bœuf restée à l'air libre, ultime témoin de ses derniers instants de bonheur. Pilou l'avait suivie jusque dans le grand salon baigné de lumière dont la baie vitrée exposée plein sud offrait une vue à couper le souffle sur la chaîne des Pyrénées. Il était venu la rejoindre près du canapé sur lequel elle s'était écroulée. Il s'était couché à ses pieds et ne l'avait plus quittée du regard. Premier témoin de son désespoir, il avait immédiatement assumé la responsabilité qui lui revenait. Il allait devenir son protecteur, son confident, son compagnon le plus fidèle.

Lorsqu'elle avait recroisé la côte de bœuf deux jours plus tard, toutes deux se trouvaient dans le même état. Défaites, malodorantes, bonnes pour le rebut.

Dans la mesure où ils n'étaient pas encore mariés, cela les avait dispensés d'avoir à passer devant le juge pour s'entendre sur les modes de garde. Paul avait jugé qu'à bientôt douze ans, Simon était suffisamment grand pour pouvoir se passer un peu de sa mère, et, en père de famille responsable, avait proposé de commencer par le prendre avec lui au début des vacances de Pâques. Le temps qu'elle s'organise, qu'elle se fasse à l'idée.

Le coup porté avait été rude et elle avait cru ne jamais pouvoir s'en remettre. Elle avait vu dans son travail une bouée de sauvetage à laquelle elle s'était farouchement agrippée. Elle s'était montrée fidèle au poste et n'avait pas accusé un seul jour d'absence, convaincue que si elle se laissait aller, ne serait-ce qu'un tout petit peu, elle ne pourrait jamais plus mobiliser suffisamment de volonté pour s'extraire des enfers dans lesquels elle était toute disposée à se laisser glisser.

Elle avait longtemps eu l'impression d'évoluer dans un brouillard épais. La peine ne la lâchait pas. Elle se sentait lourde, lasse, sans entrain. Une semaine sur deux, elle parvenait à faire bonne figure pour accueillir Simon. Mais les semaines où elle était seule, le masque tombait de nouveau et elle s'éteignait littéralement.

Ce n'est qu'après de longs mois qu'elle avait commencé à entrevoir une éclaircie. Un jour, alors que, perdue dans ses tristes pensées, elle vidait machinalement le lave-vaisselle, une assiette lui avait malencontreusement glissé des mains. Elle avait été surprise par l'effet qu'avait eu sur elle le bruit de la faïence au moment où celle-ci avait rencontré le sol. Un son aigu. Éclatant. Un éclat de rire cristallin qui s'aventurait à hanter de nouveau les lieux. Elle était restée un instant à observer les débris sur le sol. Éparpillés, comme elle, en mille morceaux. Des morceaux irréguliers qui formaient des figures géométriques qu'elle n'aurait été capable ni de définir ni de reproduire. Elle avait fixé longuement le sol et avait constaté que l'ensemble formait une production plastique harmonieuse mais qu'il manquait un détail. Une deuxième assiette était venue rejoindre la première. Puis une troisième. Dans une étrange chorégraphie où se mêlaient art graphique et production musicale, le contenu du lave-vaisselle s'était retrouvé sur le sol de la cuisine. Elle n'aurait su dire si c'était une force créatrice qui avait commencé à s'emparer d'elle ou si elle avait été prise d'une soudaine folie destructrice. Elle n'avait pu s'empêcher de jeter au sol tous les éléments de vaisselle qui s'étaient trouvés à sa portée. C'était tout ce qu'elle avait su.

Quand, à court de munitions, elle s'était retrouvée essoufflée et trempée de sueur, elle s'était aperçue qu'elle se sentait également plus légère, libérée. Sans l'ombre d'un remords, elle avait laissé sa composition post-moderne en l'état et avait décidé d'aller prendre un bain. Un long bain moussant. Avec de la musique. Et des bougies parfumées. De retour dans la cuisine, elle avait balayé les nombreux débris de verre. Sans aucun état d'âme. Comme s'il s'était agi des restes d'une soirée à laquelle elle n'avait pas participé.

En déposant la vaisselle cassée dans le container, elle avait senti le vent chaud faire danser ses boucles brunes. Elle avait pris quelques minutes pour remettre de l'ordre dans son épaisse chevelure et avait pris conscience de la palette de couleurs fauves qui s'étalait tout autour d'elle. L'automne était déjà là. Et elle n'avait rien vu. Elle, qui avait toujours été si sensible aux beautés de la nature et à l'alternance des saisons, ne s'était aperçue de rien. Toute à son malheur, elle était restée bloquée dans une pénombre dans laquelle elle avait été violemment projetée et dont elle n'était plus parvenue à sortir.

Au lieu de se diriger vers la maison, elle s'était engagée sur le sentier qui menait au sous-bois, son chien sur ses talons.

Elle n'avait jamais été une grande sportive mais elle avait toujours aimé les promenades dans la campagne. Elle portait une tenue confortable. Sans qu'elle puisse dire pourquoi, et pour le plus grand bonheur de Pilou, sur ce chemin de campagne qu'elle avait tant de fois emprunté avec Paul, elle s'était mise à trottiner. C'était une activité qu'elle n'avait plus pratiquée depuis le lycée.

Elle était en nage lorsqu'elle retourna chez elle ce soir-là après une longue sortie dans les sous-bois. L'exercice physique lui avait fait du bien. Pour la deuxième fois de la journée, elle s'était sentie libérée, plus légère, un peu comme si un pan du voile noir qui s'était abattu sur elle quelques mois auparavant avait commencé à se soulever lentement. Rien n'était gagné, mais elle savait désormais qu'elle ne sombrerait plus. Elle ne subirait plus les choses. Elle allait reprendre sa vie en main. Sous le soleil couchant de cette soirée d'automne, elle avait recommencé à marcher dans la lumière et elle n'avait plus peur.

Elle était prête. Ils pouvaient venir. Elle les attendait. Elle avait trop tardé, effrayée qu'elle était de ne pas savoir où ils pourraient la mener dans leur course effrénée. Ce soir d'automne, elle avait compris que, loin de tenter de contenir ces chevaux lancés au galop, il convenait au contraire de les laisser venir à elle. Elle n'allait pas leur ouvrir grand la porte, elle avait bien trop peur de leur puissance. Dans la confusion dans laquelle ils se trouvaient, elle aurait pu se faire piétiner. Elle réglerait donc ça, à sa manière. Comme elle l'avait toujours fait. Elle les coucherait tous, l'un après l'autre, sur le papier. Un à un, elle les dompterait, du bout de la pointe de son stylo.

Elle ne compta pas le nombre de cahiers d'écoliers qu'elle noircit pendant cette période. Au clavier d'ordinateur, elle avait préféré le geste graphique. Plus lent, plus naturel, plus harmonieux. Il l'apaisait et permettait au venin qui lui avait opacifié le cerveau pendant si longtemps de s'écouler tout naturellement dans le prolongement de sa main. En se mêlant à l'encre noire de sa plume, ce venin emportait avec lui ses idées les plus sombres. Elle avait occupé ainsi de nombreuses soirées assise à la table de sa cuisine, ne se préoccupant de rien jusqu'à ce que son bras tétanisé par de longues heures d'écriture lui implorât un peu de repos.

CHAPITRE 8

Quelque part en France, après le tunnel du Somport,
Vendredi, 6 mars 2020, 22h.

Dépossédés de leur téléphone, ils se retrouvaient également sans GPS et n'avaient pas une idée très précise de l'endroit où ils se trouvaient. Sous une pluie battante, dans cette nuit noire, Antonin, qui avait pourtant l'habitude d'emprunter cet itinéraire, ne reconnaissait plus rien. Le pilote de la soirée et son copilote quant à eux, avaient été trop concentrés sur les difficultés de la route pour s'intéresser à la toponymie des lieux. Ils avaient passé le tunnel du Somport. La seule chose dont ils pouvaient être sûrs, c'est qu'ils se trouvaient à présent sur le territoire français.

Au bout d'une heure, la pluie cessa. Ils étaient bloqués là, au milieu de nulle part sans avoir aperçu âme qui vive. Personne qui puisse leur venir en aide. Ils étaient conscients que dans l'hypothèse où un véhicule passerait à leur niveau, les chances pour que quelqu'un leur propose de monter à bord restaient infimes. Dans des circonstances ordinaires, les conducteurs auraient pu craindre que des jeunes gens venant d'Espagne transportent quelque substance illicite au fond de leurs sacs, mais dans ce contexte de pandémie mondiale, l'éventualité d'embarquer le virus à bord de son véhicule constituait une menace bien plus probable et aurait eu de quoi en faire hésiter plus d'un. En l'occurrence, la question ne se posait pas. Ils n'avaient pas vu une voiture depuis le passage du col. Peut-être fallait-il forcer un peu le destin et prendre les devants. Ils préparèrent un sac, un seul, à emporter avec eux, au cas où quelque bon samaritain se déciderait à passer par là pour leur porter secours. Ils auraient la possibilité de récupérer le reste de leurs affaires plus tard, quand ils reviendraient avec une dépanneuse pour remorquer la voiture vers le garage le plus proche.

En cette nuit du début du mois de mars, il commençait à faire vraiment très froid. La route étant restée désespérément déserte, ils n'eurent d'autre solution que de s'installer aussi confortablement que possible pour passer la nuit dans le véhicule et d'attendre le lendemain matin pour trouver une solution. Ils enfilèrent plusieurs couches de pulls et de vestes et utilisèrent leurs blousons comme couvertures.

Ils n'étaient pas particulièrement inquiets. Antonin semblait aller mieux, ils étaient ensemble, ils trouveraient bien une solution quand il ferait jour. Après les diverses péripéties auxquelles ils avaient eu à faire face depuis leur départ de Villa, ce bivouac inattendu avait même tendance à les amuser un peu. Ça leur ferait quelques anecdotes supplémentaires à raconter pour leurs soirées entre potes.

— Hé ! Vous vous rappelez,... le gars qui a déboulé avec son citron ?

Pendant cette longue nuit, ils eurent du mal à trouver le sommeil et ne manquèrent pas d'évoquer certaines de leurs aventures. Comme cette fois, où Antonin avait eu ce qu'il avait nommé lui-même, *une fatigue de fin de soirée*, et où ses amis avaient dû le soutenir pour l'aider à traverser la ville. Tel un farfadet surgi de nulle part, un inconnu était apparu devant eux et leur avait indiqué que nul remède n'était plus adapté à leur situation qu'un citron. Il en avait alors sorti un de sa poche, le leur avait remis et s'était volatilisé aussi vite qu'il était apparu ! Après avoir longuement plaisanté sur la possibilité de se faire encore tourmenter pendant la nuit par l'apparition de quelque *Laminak, Brouche* ou *Trufandèc* qui avaient la réputation de sévir dans cette zone située aux confins du Béarn et du Pays Basque, ils finirent par s'endormir. Ils trouveraient bien un moyen pour faire appel à une dépanneuse le lendemain matin.

CHAPITRE 9

Oloron Sainte-Marie,
Vendredi 6 mars 2020, 22h.

« C'était pas ton idée de l'inscrire en Espagne ? C'est pas la porte à côté. Tu savais pas ? J'adore ! »

Ce fut la réponse qu'elle obtint de la part de Paul. C'était un homme sensé et plein d'humour. Ça faisait partie des raisons pour lesquelles elle était tombée amoureuse de lui, un peu plus de vingt ans plus tôt. Malgré les rancœurs, elle avait réussi à garder un certain respect pour cet homme qu'elle continuait à considérer comme quelqu'un d'intelligent. Mais cette remarque était totalement inacceptable, et Evelyne n'était pas du tout disposée à la laisser passer :

« Je n'avais pas perçu la dimension comique de la situation. C'est vrai que c'est très drôle de savoir que des garçons se trouvent quelque part dans un col des Pyrénées, la nuit en plein hiver avec un jeune conducteur au volant ! »

Paul avait dû percevoir que son message était décalé.

« Désolé. Tiens moi au courant. »

Malgré la violence de l'annonce, la séparation s'était produite sans trop de heurts. Il était parti s'installer chez ses parents le temps de prendre un appartement. Ils s'étaient entendus pour qu'Evelyne reste dans la maison en attendant la vente définitive. Ils avaient ensuite partagé le montant de celle-ci. Pour financer un nouvel achat. Chacun de son côté. Elle était à présent bien installée et après toutes ces années, avait réussi à remonter la pente. Mais elle n'était pas parvenue à lui pardonner la manière dont les choses s'étaient passées. À aucun moment il ne lui avait donné un signe tangible de son éloignement. Il n'avait, à aucun moment, cherché à protéger leur couple, à leur donner une seule chance. Elle le tenait donc pour unique responsable de leur échec. Quand avaient commencé à émerger les premiers doutes, il aurait dû l'associer. Au lieu de ça, en continuant à s'investir dans leur vie quotidienne, il avait donné le change et avait carrément brouillé les pistes avec ce qui avait ressemblé à une demande en mariage. Elle n'avait rien vu venir.

Au début, elle avait profondément culpabilisé. Elle se reprochait de ne pas avoir été suffisamment attentive, de ne pas avoir su lire la détresse de son compagnon. Elle avait torturé son esprit de longues heures durant pour essayer d'identifier à quel moment elle avait manqué quelque chose. Un signe. Quelques mots. Des propos qu'elle n'aurait pas su interpréter. Un message flou qu'elle n'aurait pas su décoder. Une situation bancale qu'elle aurait négligemment laissé glisser jusqu'à ce qu'elle s'écroule d'elle-même. Dans les méandres de ses introspections, elle avait fini par trouver un fil. Un chemin ténu qu'elle avait patiemment remonté et sur lequel elle avait vu se profiler une ombre. Cette ombre d'explication dont les contours se précisaient à mesure qu'elle avançait revêtait le costume de la trahison. La sombre certitude d'avoir été bernée avait commencé à la ronger jusqu'à prendre le pas sur le sentiment de culpabilité. Au-delà de la douleur, au-delà du manque, cette conviction intime apportait une nouvelle nuance sur la palette de ses émotions.

Paul l'avait trahie. Délibérément. À présent, la situation lui revenait clairement en tête. Elle avait isolé dans sa mémoire, ce jour précis, moins d'un mois avant qu'il lui annonce sa décision de quitter définitivement le foyer. Ce jour, où, malgré les doutes qui devaient le tirailler, celui qui avait jusque-là partagé librement sa vie avec elle, l'avait accompagnée en toute connaissance de cause chez un notaire pour la préparation d'un contrat de mariage. Alors, en plus de l'abattement, en plus du déni, en plus de la peine, c'était un puissant sentiment de colère qu'il avait fallu surmonter.

Depuis, lorsqu'il arrivait que des personnes de son entourage lui confient quelle avait été leur incompréhension à l'annonce de leur séparation, Evelyne s'entendait répondre en retour qu'elle avait été la première surprise. Qu'elle aussi, avait toujours cru que Paul et elle formaient un couple solide… et qu'elle s'était lourdement trompée.

CHAPITRE 10

Oloron Sainte-Marie,
Vendredi 6 mars 2020, 23 heures.

Convaincue qu'il était désormais inutile de l'attendre, elle avait tout débarrassé. Puis dans un nouvel élan d'espoir, elle s'était ravisée et avait à nouveau joliment dressé la table. Au cas où. Ce serait plus accueillant quand il arriverait. Elle ne voulait pas le faire attendre. Elle avait même commencé à faire réchauffer du gaspacho, puis avait oublié la casserole sur la plaque. C'était une odeur âcre de brûlé qui l'avait rappelée à l'ordre.

Elle sentit à nouveau la présence du nœud. D'abord comme un nœud coulant qu'on aurait volontairement laissé lâche, elle sentait bien que l'étreinte commençait à se faire plus forte à mesure que le temps filait. Si elle n'arrivait pas à prendre le dessus, l'étau au creux de son ventre allait finir par la rendre folle. Elle devait absolument parvenir à détourner ses pensées, tromper ce début d'épouvante dans laquelle elle était en train de sombrer peu à peu. Il ne fallait pas laisser la panique l'envahir. Sous aucun prétexte.

Elle composa le numéro de Paul, puis se ravisa. Pour s'occuper l'esprit, elle entreprit de faire un peu de rangement.

Elle avait encore en mémoire les préparatifs pour le départ de Simon à l'Université. Ce tumultueux tourbillon d'activité dans lequel elle s'était délibérément propulsée à corps perdu pour éviter de se laisser happer par le vide dont elle sentait la présence et qui menaçait d'ouvrir sa trappe pour la tirer par les pieds et l'entraîner avec lui dans des profondeurs qui la terrorisaient. La priorité de cette période avait été de se mettre en projet, en action, afin d'éviter de trop penser. À cette chambre plus souvent vide, aux repas en solo plus nombreux, aux longs silences interminables. À ce moment inéluctable. Cet *après*, lorsqu'elle devrait attendre de longues semaines avant de pouvoir le retrouver.

Comme d'habitude, elle n'avait pas su doser, elle n'avait pas géré la fatigue, elle était allée au bord de l'épuisement pour que tout soit parfait, pour que son tout petit qui la dépassait maintenant de deux bonnes têtes ne manque de rien, qu'il soit bien installé. Un de ses collègues avait pour habitude de dire d'elle, qu'elle était *excessivement excessive*. Evelyne s'amusait de cette affectueuse dénomination. En consacrant tout son été aux préparatifs de la première année universitaire de son fils, elle lui avait une fois de plus donné raison. Elle n'avait même pas cherché à le nier.

Simon, lui aussi, se demandait parfois si ce n'était pas un peu trop. Mais il s'amusait de la voir aussi investie. Il savait qu'elle avait toujours adoré parler espagnol. Il l'avait laissé savourer ces instants magiques volés au calendrier, affreux horloger cannibale qui finirait immanquablement par gagner la bataille dans cet implacable compte à rebours. Elle avait pris un plaisir évident à organiser leur vie en version espagnole et avait changé les horaires des repas, se délectant de ces mots, de ces phrases qu'elle faisait rouler sur sa langue comme de délicieuses friandises qu'elle décidait tantôt de croquer goulûment tantôt de laisser fondre avec délectation. Il était conscient qu'elle faisait cela pour l'aider et que cela lui permettait en même temps de passer le cap. Complice, il l'avait même remerciée de l'avoir obligé à regarder quelques années plus tôt la célèbre série « *La casa de papel* » en version originale – sous-titrée en espagnol pour ne pas faire les choses à moitié – ignorant à l'époque que cela prendrait tout son sens quelques années plus tard.

Du moment où le projet était sorti de terre, au jour où elle était partie l'installer et était revenue seule dans cet appartement tout d'un coup devenu trop grand, elle n'avait eu de cesse de préparer, d'organiser, de cuisiner. À s'en étourdir.

Et la fin de l'été avait fini par arriver. Contre toute attente, quand il avait fallu prendre le chemin du retour, au moment fatidique où il faut se décider à tourner le dos pour entrer seule dans la voiture, de la même manière que par une sombre matinée de septembre, elle l'avait courageusement abandonné chez une nounou pour reprendre le travail à l'issue du congé maternité, elle avait fait preuve d'un cran inattendu, d'un courage surprenant. Certes, elle s'était psychologiquement préparée à l'échéance mais elle était dans un état d'épuisement tel, qu'il l'anesthésiait et l'empêchait de ressentir les émotions aussi vivement que d'ordinaire.

Dix-huit ans auparavant, elle n'avait pas su décrypter les signes avant-coureurs du profond baby-blues dans lequel elle avait sombré. Elle ne sut pas davantage interpréter son état interne au départ de son fils, et ce n'est qu'au bout de quelques mois qu'elle commença à percevoir les signes du syndrome du nid vide. Entre sentiment de vacuité, de manque et d'inutilité, elle partageait ses émotions en parts inégales et extrêmement variables.

*

Vendredi 6 mars 2020, minuit.

Elle avait ressorti tous les albums photos depuis la naissance de Simon. Tous les cadeaux, les dessins, les poèmes qu'il lui avait offerts depuis l'école maternelle. Elle s'attendrissait sur ce petit bonhomme, si rapidement devenu adulte. Se laissait aller à pleurer, un peu. Elle avait d'abord tenté d'étouffer ses sanglots, mais le torrent de larmes était rapidement devenu incontrôlable. Elle avait ensuite longuement suffoqué, miaulé, bavé.

*

Samedi 7 mars 2020, 1 heure.

La batterie de son téléphone est tout simplement déchargée… il ne va pas tarder…

Un problème sur la route…

Une panne de voiture… Ils sont dans la montagne,… une zone où le téléphone passe mal… Ils attendent de se faire dépanner. Elle aura bientôt des nouvelles.

Peut-être, un accident… Les pompiers vont bientôt la contacter… elle doit se tenir prête, elle va aller le rejoindre à l'hôpital… Il faudra qu'elle soit forte pour le soutenir.

Ou alors, il s'est fait arrêter en passant la frontière. Un des occupants de la voiture était en possession d'une forte quantité de drogue… elle va devoir aller le récupérer… Il sera peut-être soumis à des poursuites judiciaires… Elle saura l'épauler… Elle sera là. Toujours.

Elle envisageait toutes sortes de malheurs, petits et grands. Son imagination de femme au bord de la crise de nerf était pour le moins fertile. Par moments, elle ressentait une pointe de culpabilité. Elle s'autoflagellait alors, formulant elle-même des reproches à son encontre, se disant qu'il fallait vraiment être complètement folle pour penser à des choses pareilles ! Elle était consciente qu'elle était à nouveau sur le point de lâcher les chevaux. Qu'il ne faudrait pas grand-chose pour qu'elle les laisse partir au grand galop vers le grand n'importe quoi. Elle essayait de se reprendre aussitôt, se repentant de s'être laissée aller ainsi. D'avoir laissé consciemment vagabonder son imagination vers des idées aussi morbides, en y prenant une forme de plaisir, presque malsain. Elle ressentait une profonde tristesse en pensant aux familles, aux épouses, aux mamans comme elle, à qui on était venu annoncer qu'un père, un mari, une fille ou un fils ne reviendrait pas. Un sentiment de honte également. De s'être essayée à l'exercice, d'avoir joué au jeu du malheur, ce jeu du « *On fait comme si. Moi, je serais le gendarme et toi, tu serais la maman qui apprend que son fils…* » juste pour faire semblant, juste pour ressentir le soulagement, cette délicieuse délivrance au moment où le jeu s'arrête.

Elle se sermonna intérieurement. Les familles qui éprouvaient un grand malheur n'avaient pas la possibilité de suspendre le temps au grès de leur imagination. Non. Elle n'en avait pas le droit. Après tout, elle ne disposait d'aucun élément qui lui permettait de se laisser aller ainsi. Elle n'avait aucune preuve qu'il lui soit arrivé quelque chose.

Elle fut à nouveau tentée de contacter le père de Simon et raccrocha une nouvelle fois. Elle devait absolument penser à autre chose. Cela devenait urgent qu'elle se change les idées. Elle descendit chercher quelques cartons à la cave.

*

Samedi 7 mars 2020, 3 heures.

Elle avait remonté de la cave, des caisses contenant les décorations de Noël ainsi que de pleins cartons de vieux vêtements qu'il portait quand il était enfant. Elle s'attendrissait devant ces vestiges du passé. *Et dire qu'il n'y a pas si longtemps que ça, il rentrait là-dedans. Le temps avait couru tellement vite…*

Elle choisit une chemise dont elle ne se souvenait même plus s'il l'avait portée ou non, se munit d'une paire de ciseaux et entreprit de découper soigneusement les animaux de la jungle représentés sur le tissu.

Et si finalement, elle appelait Paul ?

*

Samedi 7 mars 2020, 7 heures.

Le jour commençait à se lever. Elle n'avait pas réussi à fermer l'œil de la nuit. Malgré de nombreuses tentatives de dispersion, à aucun moment, elle n'avait réussi à se libérer de son angoisse. Celle-ci l'avait tenaillée toute la nuit, l'empêchant d'accéder à un repos réparateur qui lui faisait tellement défaut. Ses yeux étaient bouffis, son nez et sa gorge brûlaient d'avoir vu passer tant de larmes. Elle avait mal partout. Elle se demandait combien d'heures elle avait passé à pleurer et à gémir.

Si seulement Ção était là…

PARTIE II
DE 1945 À NOS JOURS
À L'ENCRE DE SES YEUX

« Je me presse de rire de tout,
de peur d'être obligé d'en pleurer. »
Pierre-Augustin Caron de Beaumarchais,
Le barbier de Séville.

CHAPITRE 1

Oloron Sainte-Marie,
15 juillet 2016.

Dès son arrivée dans l'établissement, Suzette n'avait eu de cesse de répandre sa bonne humeur et sa joie de vivre, s'empressant de s'amuser de toutes les situations, tout particulièrement des petits désagréments quotidiens qui émaillaient sa vie de nonagénaire.

Jamais avare d'un bon mot ou d'une confiserie, elle avait conquis la grande majorité du personnel qui en retour prenait un plaisir non dissimulé à contribuer à sa bonne humeur et à son bien-être. Une aide-soignante connaissait sa préférence pour les desserts aromatisés à la banane. Une autre lui apportait chaque semaine une pile de revues récupérées chez sa grand-mère ou venait lui faire un brin de causette pendant sa pause. Sa voisine de palier recevait de sa fille d'énormes bouquets de fleurs du jardin qu'elle partageait avec elle pour l'aider à égayer sa chambre. Elle, qui avait passé sa vie au service des autres, se montrait sensible à toutes ces petites attentions.

Suzette était toujours partante pour toutes les animations et savait apprécier les diverses activités proposées qui lui permettaient de tisser de nouveaux liens sociaux. Cela l'amusait beaucoup d'annoncer à qui voulait l'entendre, qu'elle et sa voix éraillée qui s'étaient pourtant vues pendant tant d'années refuser l'accès à la chorale de la paroisse de son village, avaient été démarchées et recrutées pour rejoindre le chœur de la maison de retraite. Par ailleurs, elle ne manquait pas de visites extérieures. Ses neveux et nièces venaient la voir régulièrement et veillaient à ce qu'elle ne manque de rien. Ses petits et arrière-petits neveux, moins présents, lui envoyaient de temps à autre, une carte postale ou lui ramenaient quelques friandises en revenant de vacances. Ses anciennes voisines, quant à elles, rivalisaient avec la factrice pour lui apporter les nouvelles fraîches qui lui permettaient de se tenir au courant des transformations du village ainsi que des tout derniers potins. Tout ceci lui permettait de rester en contact étroit avec son environnement passé. Aussi, celle qui déclarait ne jamais s'être ennuyée, avait-elle su rapidement s'adapter à ce changement et considérait son admission dans son nouveau cadre de vie comme un franc succès.

Pourtant, l'idée de son admission en maison de retraite n'avait pas toujours fait consensus dans son entourage. Suzette était restée célibataire et n'avait pas eu d'enfants. Elle s'était toujours montrée très présente et disponible pour les membres de sa famille, à commencer par sa mère qu'elle avait accompagnée jusqu'à la fin de ses jours. Elle avait également fait preuve d'un soutien sans faille auprès de sa sœur, moins robuste qu'elle et usée par de multiples grossesses. Elle avait ensuite été une tante dynamique, généreuse et attentive.

Tiraillés par un sentiment de culpabilité, ses proches avaient longuement hésité avant d'oser aborder le sujet, ne serait-ce qu'entre eux. Les choses s'étaient précipitées lorsque Suzette s'était retrouvée diminuée suite à une mauvaise chute qui lui avait valu une fracture du bassin. Le médecin de famille leur avait indiqué que la situation pouvait être propice à ce type de changement. Et comme il constatait lui aussi que Suzette avait l'air d'être prête, il l'avait encouragée à amorcer la transition, tout en douceur.

Suzette avait évoqué le projet d'intégrer une maison de retraite depuis bien longtemps. Même si elle avait toujours été favorable à cette possibilité, bien naturellement, il lui était également arrivé de redouter un tant soit peu cette éventualité et de porter parfois moins haut ses convictions sur ce point. Elle exprimait sa reconnaissance pour le soutien que lui apportait son entourage mais, elle n'était pas sans savoir que, tout comme elle, ce petit monde commençait à prendre de l'âge. Consciente de l'équilibre fragile du dispositif et ne voyant pas d'autre alternative, à l'aube de ses quatre-vingt-dix printemps, la pétulante nonagénaire avait donc confié à un de ses neveux le soin de choisir un établissement et de s'occuper des aspects administratifs.

Ainsi, à sa sortie de l'hôpital, Suzette était-elle entrée en maison de convalescence en attendant qu'une place se libère en maison de retraite. Égale à elle-même, elle s'était montrée sereine et s'était empressée de considérer tous les aspects positifs que pouvait lui apporter ce changement de situation.

*

— Bonjour Mlle Bonnemaison, comment allez-vous ce matin ?

Suzette reposa délicatement sur la petite table de nuit le tube de crème hydratante pour les mains que l'une de ses nièces lui avait ramené de ses vacances en Provence.

— Ah, ne m'en parlez pas ! Je n'ai pas fermé l'œil de la nuit !

Tout en parlant, elle massait soigneusement ses doigts noueux afin de faire pénétrer la crème délicatement parfumée. Durant sa vie active, elle ne s'était jamais vraiment accordée le temps de prendre soin d'elle ni de son apparence. D'origine modeste, elle avait toujours privilégié l'aspect pratique à l'esthétique. Elle s'était vu offrir son premier flacon de parfum par une de ses nièces pour son quatre-vingtième anniversaire. En découvrant l'élégant boîtier dans lequel était logé le flacon contenant le précieux liquide, Suzette n'avait su cacher ni sa surprise, ni son émotion. Elle avait tout d'abord caressé le boîtier, puis avait délicatement sorti le flacon de son écrin. Elle avait lentement dévissé le bouchon, puis, d'un geste expert, avait aspergé l'intérieur de son poignet gauche avant de le porter délicatement derrière son oreille pour tamponner le haut de son cou. Dans un mouvement fluide et parfaitement harmonieux, elle avait changé le flacon de main et avait religieusement reproduit le geste avec la même lenteur, la même précision. Elle avait à nouveau pulvérisé un de ses poignets avant de reposer délicatement l'élégant cadeau dans son coffret. En frottant doucement l'intérieur de ses poignets l'un contre l'autre, au bord des larmes, elle avait confié à sa nièce, qu'elle savait se parfumer ainsi parce que sa sœur lui avait montré comment faire, un soir où elle l'avait aidée à se préparer avant d'aller danser. N'ayant jamais fait la démarche de s'offrir elle-même un parfum, Suzette avait gardé dans un coin de son esprit cette chorégraphie féminine mais n'avait plus jamais eu l'occasion de reproduire ce geste. Cette réminiscence l'avait renvoyée au printemps 1945. Elle pouvait déterminer avec une précision étonnante la période associée à cette petite madeleine de Proust. Touchée par l'émotion que sa tante avait exprimée devant ce cadeau, sa nièce avait décidé de continuer à lui offrir des présents délicats. Dans sa nouvelle chambre de la maison de retraite, Suzette possédait ainsi deux tables de nuits, disposées chacune de part et d'autre de son lit. L'une était remplie de confiseries qu'elle ne manquait jamais de proposer à ses visiteurs ainsi qu'au personnel soignant. L'autre contenait quantité de crèmes et d'onguents qu'elle considérait comme ses plus grands trésors et qu'elle utilisait quotidiennement avec un plaisir évident.

— Tout ceci est encore très nouveau pour vous. Vous n'avez pas eu le temps de prendre vos habitudes. Vous étiez un peu… stressée, peut-être ? se hasarda l'aide-soignant tout en actionnant la manivelle qui permettait de lever le store.

— Stressée ? Ah, vous n'y êtes pas du tout, jeune homme ! C'était le bal du 14 juillet… Avec toute cette musique, comment voulez-vous que je réussisse à dormir ! Un peu avant minuit, n'y tenant plus, j'ai décidé de cesser de résister. Et, je suis partie danser. Par contre…, j'ai été surprise de ne pas vous y trouver !

Perplexe, l'aide-soignant jeta un regard furtif en direction du lit et croisa la mine espiègle de Suzette.

— C'était formidable ! Si cela n'avait été que de moi, je serais bien restée toute la nuit. Mais, c'est mon cavalier qui n'en pouvait plus… alors, il m'a ramenée ! poursuivit-elle en désignant son déambulateur.

Et tous deux éclatèrent d'un rire franc et complice qu'auraient pu partager deux vieilles connaissances.

— Vous savez, jeune-homme, je n'ai pas encore eu le temps de nouer de lien avec tous mes petits camarades, mais je pense que cette colonie de vacances va vraiment beaucoup me plaire !

CHAPITRE 2

Petit village non loin d'Oloron Sainte-Marie,
Fin janvier 2020.

— Mamilou, tu veux que j'aille fermer les volets chez Tantine Suzette ?

— Tu es mignonne Manon, ça me rendrait bien service. J'ai pris beaucoup de retard pour préparer le souper.

Depuis sa visite à la maison de retraite, Manon ne parvenait pas à chasser de sa mémoire la scène à laquelle elle avait assisté entre son arrière-grand-tante et ce vieil inconnu. Elle enfourcha son vélo pour se rendre dans la maisonnette dans laquelle la vieille dame avait passé les quatre-vingt-dix premières années de sa vie.

L'échange verbal entre Suzette et le vieil homme avait été bref, mais Manon avait senti entre les deux nonagénaires une émotion, une étrange tension qu'elle ne parvenait à définir. Tous deux avaient eu l'air profondément troublés et elle avait senti Suzette terriblement triste. Dans le salon commun de la maison de retraite, l'adolescente avait vu cet homme âgé prendre congé d'une dame qui semblait fort mal en point. Il avait récupéré son béret posé sur le dossier de la chaise. D'un geste expert qui trahissait de nombreuses années de pratique, il avait pris soin de le positionner légèrement sur le côté de son crâne dégarni. Il s'était ensuite péniblement dirigé vers la sortie. Il avait stoppé net au milieu de la pièce lorsqu'il avait croisé le regard de Suzette.

Manon avait perçu une hésitation avant qu'il ne se décide à changer de cap et finisse par orienter son déambulateur droit vers elles. Elle avait entendu Suzette suspendre son inspiration, l'avait vue se raidir lorsqu'elle l'avait aperçu à son tour. Pendant ce qui avait semblé une éternité, Suzette était restée en apnée et n'avait plus détaché son regard du vieil homme qui traversait péniblement le salon. Quand il était arrivé à leur portée, elles avaient toutes deux entendu la voix chevrotante du vieillard lâcher dans un souffle à peine perceptible :

— Suzette …

Un lourd silence s'en était suivi.

— Tu as reçu ma lettre ? avait-il fini par prononcer après une profonde inspiration.

Suzette n'avait pas parlé tout de suite.

— Tu l'as postée… je l'ai reçue…, s'était-elle finalement entendue répondre.

— Je n'aurais jamais dû faire ça… Ça a été la plus grosse erreur de toute ma vie.

À ce moment, après une course effrénée de plusieurs décennies, le temps avait décidé de s'étirer un peu et avait suspendu son cours pour offrir aux nonagénaires une parenthèse enchantée qui, l'espace d'un instant, leur rendait leurs vingt ans. Terrassé par l'émotion, Pierre s'était lourdement laissé choir sur la première chaise qui s'était trouvée à sa portée. Il avait posé ses mains sur celles de Suzette et les avait glissées entre les siennes, serrant délicatement les doigts noueux, déformés par l'âge et de longues années de travaux ménagers. Elle n'avait pas cherché à libérer ses mains de cette étreinte. Ils s'étaient tus et étaient restés ainsi de longues minutes, chacun plongé dans les yeux de l'autre. Lestées par tant d'années de silence, de lourdes larmes étaient venues s'écraser sur leurs mains enlacées. Il n'avait pas cherché à les contenir et les avait laissées rouler sur ses joues burinées par le vent et par la piqûre des frimas de si nombreux hivers.

Suzette avait éprouvé des difficultés à déglutir.

— Moi, j'ai épuisé mon stock de larmes quand j'ai reçu ta lettre, avait-elle fini par confier. Sa voix habituellement enjouée et haut perchée s'était faite plus grave. Ses grands yeux verts semblaient usés, desséchés par le sel de toutes les larmes versées soixante-quinze ans auparavant.

Ils avaient sans doute trop de choses à se dire pour le peu de temps qui leur était alloué, aussi étaient-ils restés muets, réciproquement perdus dans l'étendue de leurs regards.

— *Adichatz, maynade*[1], lui avait-il dit avant de s'éloigner pour rejoindre son chauffeur qui avait pris soin d'avancer la voiture juste devant le portail de la maison de retraite.

*

Un cube, une porte, deux fenêtres. Comme à chaque fois qu'elle se rendait chez Suzette, Manon, prit le temps de poser son regard sur la façade d'une simplicité touchante dont elle avait tant de fois tracé les traits dans ses dessins d'enfant. C'était la première fois qu'elle allait entrer seule depuis que Suzette était partie. En introduisant la lourde clé dans l'unique serrure de la modeste maisonnette, elle fut saisie d'une étrange émotion dont elle n'avait jamais eu l'occasion de faire l'expérience auparavant. Un curieux mélange de tristesse et d'impatience.

---

1 Au revoir, petite.

La simple porte de bois qui faisait office de porte d'entrée donnait directement sur une cuisine coquette dont la décoration figée dans les années cinquante n'avait pas pris une ride. Sa propriétaire en avait pris soin comme si elle avait toujours su que dans le grand carrousel du design, à l'instar de la mode vestimentaire, ce mobilier resté longtemps désuet reviendrait au goût du jour dans une étincelante authenticité. Deux portes. À droite, la chambre. À gauche, une petite salle d'eau. Si la lettre qui pouvait lui permettre d'en savoir davantage était toujours là, il ne lui faudrait pas beaucoup de temps pour tomber dessus. Manon écarta les nombreuses lanières colorées du rideau de porte en plastique qui lui barrait le passage et les fixa aux attaches de volets situées de part et d'autre de l'encadrement de la porte. Et après avoir soigneusement frotté ses semelles sur le paillasson en fibres de coco qui lui souhaitait la bienvenue, elle se décida à entrer.

Les arômes de café, de *crespèras*, et de *crespeths* qui avaient caractérisé cette cuisine pendant tant de décennies avaient fini par s'estomper. Afin d'éviter que ces fragrances associées à son enfance ne soient définitivement détrônées par l'odeur de naphtaline et de renfermé, les fenêtres restaient ouvertes derrière les lourds contrevents en bois. Manon se laissa aller à quelques instants de rêverie, puis entreprit de fureter dans la chambre de Suzette. Dans l'unique armoire de la chambre, elle aperçut une boîte métallique posée à côté d'une pile de draps. Il s'agissait d'une vieille boîte carrée en fer blanc qui avait eu pour mission première d'accueillir des biscuits des Pyrénées recouverts de cristaux de sucre et dont le décor désuet représentait un petit pâtre en tenue traditionnelle. Manon se doutait que la boîte avait dû être gardée et stockée en cet endroit pour un tout autre usage que la conserve de biscuits à la cuiller. Elle prit place dans le vieux fauteuil à bascule qu'elle avait toujours vu à côté du lit de son arrière-grand-tante et s'installa confortablement pour en découvrir le mystérieux contenu.

Sous un vieux cahier de poésie, photos et cartes postales de différentes époques avaient été compilées. L'adolescente aurait été bien en peine de les dater ou de reconnaître la grande majorité des personnes immortalisées sur le papier jauni. Elle prit cependant le temps de les détailler attentivement une à une, émue par le témoignage silencieux d'un bonheur passé plus ou moins lointain.

Il commençait à se faire tard, sa grand-mère allait finir par s'inquiéter. Incapable de se résoudre à abandonner là ces vestiges du passé, Manon glissa la précieuse boîte dans son sac à dos avant de quitter, à regret, la maisonnette de Suzette.

En première intention, Manon avait envisagé de questionner Suzette au sujet du vieil inconnu. Mais elle ne savait pas trop comment aborder ce sujet avec elle. Et elle l'avait sentie tellement émue à l'occasion de cette rencontre fortuite qu'elle ne voulait pas prendre le risque de la remuer davantage avec des questions qui pouvaient s'avérer maladroites. Elle entreprit plutôt de s'adresser à Marilou, sa grand-mère.

— Dis-moi, Mamilou,… Tantine Suzette, elle est veuve ? interrogea Manon. Ou bien, elle a toujours été célibataire ?

— Elle est restée célibataire, comme on dit, répondit Marilou en ouvrant le buffet Mado dont elle avait hérité au décès de ses parents et qu'elle avait entièrement décapé et repeint elle-même dans des tons plus actuels.

Marilou s'empara d'une pile d'assiettes du service en Arcopal que Suzette lui avait offert en cadeau de mariage environ cinquante ans auparavant et le tendit à sa petite fille. En disposant sur la table de la cuisine les assiettes blanches dont les bouquets de petites fleurs bleues avaient un peu perdu de leur éclat d'antan, Manon poursuivit son interrogatoire.

— Et… elle a jamais eu d'amoureux ?

— Personnellement, je ne lui en ai jamais connu. Je me souviens que ma mère m'avait parlé d'un berger qu'elle avait fréquenté quand elle était jeune.

Manon eut du mal à cacher son impatience et tenta de prendre un ton détaché pour enchaîner les questions suivantes.

— Ils étaient fiancés ?

— Je ne sais pas. Dans mon enfance, j'ai entendu parler d'un rendez-vous manqué, un soir de bal du 14 juillet.

— Tu sais comment il s'appelait ?

— Non…

— Et il était de son village ?

— Pas à ma connaissance. Je crois avoir entendu dire qu'il était de la vallée de Barétous. Mais, tu sais, ma Manon, tout ça remonte à près de soixante-quinze ans maintenant. Je n'étais qu'un bébé à l'époque, précisa Marilou. Personnellement, je n'ai aucun souvenir de cette époque-là.

Les pistes étaient minces.

Était-il possible que le vieil homme et ce berger ne fassent qu'un ? Et quel pouvait être le contenu de cette lettre qui avait valu tant de larmes par le passé et dont la seule évocation semblait avoir encore le pouvoir de serrer le cœur de ces deux vieillards ?

Manon avait le sentiment d'avoir un peu avancé mais les informations qu'elle venait de récolter auprès de sa grand-mère ne lui permettaient pas encore de découvrir l'identité du vieil inconnu.

CHAPITRE 3

Oloron Sainte-Marie,
13 juillet 1981.

Bien sûr, si Pierre le lui avait proposé, Suzette aurait accepté de se marier. Sans aucune réserve, et sans la moindre hésitation. Mais le sort en avait décidé autrement. Et elle n'avait pas été du style à vouloir se marier coûte que coûte. À une époque où l'émancipation de la femme commençait à peine à entamer un long chemin parsemé d'embûches, elle avait trouvé des avantages à ce célibat auquel elle avait été contrainte. Sur les bancs de l'école communale, alors qu'elle n'était encore qu'une petite fille aux robes mal coupées et aux sabots trop grands, elle avait entendu parler pour la première fois de sa vie des Suffragettes qui se battaient pour le droit de vote des femmes. Elle avait vu son institutrice s'enthousiasmer, leur promettant à elle et à ses camarades, des changements sociétaux de grande envergure. Le 29 avril 1945, comme tant de femmes dans toutes les communes de France, elle s'était précipitée vers le bureau de vote de son village pour assister au premier scrutin enfin ouvert aux femmes dans les mêmes conditions qu'aux hommes, à l'occasion du premier tour des élections municipales. Scrutin auquel elle n'avait pu assister que de loin car, âgée alors d'à peine vingt ans, elle ne remplissait pas encore la condition d'âge qui en exigeait vingt-et-un. À cette occasion, elle avait entendu dire que certains hommes se permettaient de préparer par avance le bulletin de vote de leur fille, de leur épouse ou de leur mère. Elle s'était alors fortement indignée contre certaines de ses amies à peine plus âgées qu'elle et qui ne semblaient pas s'en offusquer. Elle avait ouvertement réprouvé ces pratiques et avait tenté de faire appel autant à la mémoire qu'au bon sens de ces filles obéissantes, de ces jeunes mariées dociles. Elle avait fait référence à ce que leur chère institutrice leur avait appris et raconté lorsqu'elles étaient encore à l'école élémentaire. Elle n'avait pas fait de hautes études et ne se considérait pas comme très instruite. En tout cas, elle, n'avait pas oublié le sort réservé aux suffragettes d'outre-manche au début du siècle, insultées, humiliées, battues, emprisonnées par les gouvernements en place qui refusaient de leur accorder les mêmes droits civiques qu'aux hommes. Et lorsque, poussées dans leurs derniers retranchements, ces militantes ne trouvaient d'autre alternative que d'entamer une grève de la faim, ce même gouvernement, qui refusait que les filles du seigneur puissent renoncer à la vie que le démiurge leur avait donnée pour assumer le rôle d'enfanter à leur tour, intimait l'ordre de les faire nourrir de force. Au détriment du respect de la dignité humaine, selon une méthode connue depuis l'Antiquité mais réservée uniquement jusque-là pour engraisser des volatiles tels que les oies ou les canards, il revenait non pas à des médecins, mais aux geôlières d'assumer la tâche ingrate d'insérer un long tube dans la bouche, ou parfois dans le nez, de ces résistantes afin de remplir leur estomac contre leur gré. Au cours de ces violents gavages, certaines perdaient des dents ou prenaient le risque de se faire étouffer lorsque la nourriture était accidentellement versée dans les poumons.

Suzette n'avait pu se résoudre à laisser ses amies se contenter de jouer les pigeons voyageurs. Le jour du scrutin, elle s'était postée devant le bureau de vote et avait tenté de les convaincre, elles et toutes les villageoises, d'oser user pleinement de leurs droits civiques pour exprimer en toute légalité et en toute sécurité leurs idées de citoyennes libres. Elle avait passé sa journée à répéter à toutes les femmes qu'elle avait croisées qu'en se prêtant à ce jeu, elles renonçaient à l'avantage que leurs consœurs de divers pays avaient acquis de haute lutte au péril de leur liberté, de leur santé et parfois même de leur vie. Elle précisait que de telles attitudes ne se limitaient pas à desservir leur cause, mais qu'elles la trahissaient.

Les plus courageuses n'avaient pas cherché à se cacher du regard des villageois. Au vu et au su de tous, elles avaient fièrement froissé l'enveloppe contenant le bulletin de vote préparé par leur mari, leur père ou leur fils et l'avaient jetée au sol avant d'entrer dans le bureau de vote. D'autres, plus craintives, ou qui se sentaient peut-être moins autorisées à défier publiquement l'autorité d'un père ou d'un mari, s'étaient contentées de profiter du secret de l'isoloir pour se débarrasser discrètement de l'enveloppe et voter selon leurs propres convictions.

Tout au long de sa vie, de telles situations avaient permis à Suzette de relativiser et de trouver des avantages à ce célibat qui la marginalisait un peu mais lui réservait des espaces de liberté qu'elle savourait pleinement. Ainsi, quelques années plus tard, avec une amie qui, comme elle, n'avait pas eu l'heur de trouver un époux avant l'âge de vingt-cinq ans, loin de se morfondre sur son sort, elle s'était fait une joie de se rendre en train à Caussade pour rendre visite à une de ses tantes. Elle avait profité de son séjour dans la cité du chapeau pour s'offrir un adorable bibi qu'elle avait fièrement arboré à l'occasion de la fête des Catherinettes.

Était-ce dû à une forme de maturité ou avait-elle été mue par la force de l'habitude ? Sans que personne ne puisse dire avec précision à quel moment avait pu avoir lieu la métamorphose, au fil de l'eau, ses revendications s'étaient peu à peu adoucies et elle avait fini par adopter la parfaite panoplie de la vieille fille. Les charmantes robes légères avaient peu à peu cédé la place à des tabliers imprimés qu'elle achetait en lots au marché du vendredi à Oloron. Elle les trouvait bien pratiques, en plus d'être accessibles pour ses petits revenus. Elle pouvait les porter été comme hiver, sur une combinaison légère ou pardessus un épais tricot. Ils lui servaient à la fois de tenue de travail et de tenue pour tout-aller.

Ainsi, au fil des années, avait-elle peu à peu tourné le dos à la coquetterie, à la féminité, à la séduction. Elle faisait maintenant partie de ces femmes qui, n'ayant reçu l'appel ni de dieu ni de l'un de ses serviteurs, avaient renoncé à l'idée d'une vie à deux sans pour autant s'être résignées à entrer dans les ordres. D'un caractère sociable et avec un goût à peine dissimulé pour les potins, elle avait tout naturellement et sans difficulté aucune été cooptée pour rejoindre le cercle fermé des grenouilles de bénitier de la paroisse dont elle faisait partie des membres actifs. Elle partageait son temps entre son travail, sa famille, l'église et le cimetière. Elle avait une vie bien remplie. Une vie sans surprise, sans larmes inutiles.

— *Dou dou, dou dou dou, dou dou, dou dou dou dou, dou dou dou dou, dou dou dou, dou dou dou…*

La douce mélodie qui passait à la radio lui donnait envie de fredonner à son tour. Debout sur un tabouret, Suzette s'activait joyeusement à nettoyer les vitres d'une villa dans laquelle elle officiait en tant qu'employée de maison depuis maintenant quarante ans. Très jeune, elle s'était mise au service des autres. Sa condition ne lui avait pas donné beaucoup d'autres options. Mais, à aucun moment cela ne lui avait posé problème. Elle était de constitution robuste et le travail ne lui avait jamais fait peur. Là où d'autres auraient pu voir une contrainte, elle avait au contraire vu une chance car elle aimait ce qu'elle faisait et se sentait utile aux personnes auprès desquelles elle travaillait. On ne pouvait pas dire qu'elle avait eu une vie facile. Ça, non. Sa mère s'était retrouvée veuve très jeune, alors qu'elle était enceinte d'elle et il n'avait pas été question, ni pour elle, ni pour sa sœur de rester à l'école trop longtemps. Alors, comme c'était d'usage à l'époque pour les filles de leur condition, après le certificat d'études, elles avaient été toutes deux placées ; une en tant qu'employée de maison dans une famille de notables d'Oloron, l'autre comme femme de chambre dans un hôtel de la cité mariale.

Après trois minutes trente de mélodie, Suzette était toujours perchée sur son tabouret mais elle avait cessé de faire danser son chiffon, terrassée par le texte et le phrasé d'un jeune homme à l'accent chantant du sud-ouest. Elle était incapable d'analyser son trouble et n'aurait su quelle origine lui attribuer. Toujours est-il que, sous un sein resté désespérément sec, les paroles de ce troubadour du Lot et Garonne avaient su de manière inattendue se frayer un chemin et avaient trouvé un écho singulier dans le cœur de cette demoiselle de presque soixante ans.

— *Puisqu'on ne vivra jamais tous les deux … je voulais simplement te dire, tout ce que j'ai pu écrire, je l'ai puisé à l'encre de tes yeux…* [1]

1 Francis Cabrel, *L'encre de tes yeux*

Suzette était restée là, rêveuse, le chiffon à la main. À son âge, elle se trouvait presque ridicule de ressentir un tel émoi. Après tant d'années, elle pensait avoir enfin réussi à se forger une solide carapace. Pourtant, cette douce chanson qui la tutoyait l'avait interpellée à titre très personnel. Elle avait eu l'impression que l'interprète avait utilisé les ondes pour s'adresser, directement et uniquement, à elle. Ses paroles l'avaient soudain ramenée loin en arrière et l'avaient complètement fait chavirer. Ce n'étaient pas vraiment des questions qui se bousculaient dans son esprit. Elle recevait davantage ce texte comme un message personnel qui venait donner un peu de sens à la vacuité dans laquelle elle avait basculé quelques décennies auparavant. Derrière ce phrasé à l'accent du sud-ouest délicieusement chantant, elle n'entendait rien d'autre que la voix de son amoureux d'antan qui venait enfin lui avouer que, pendant toutes ces années, sa tristesse et sa souffrance avaient été partagées. Rien d'autre que la voix de Pierre, qui exprimait de profonds regrets et lui présentait ses excuses les plus sincères. Pierre, qui lui confiait enfin à l'oreille que ce courrier n'avait été le fruit ni du hasard, ni de sa propre volonté mais qu'il avait été motivé par des raisons qui les dépassaient tous les deux.

Ainsi, sans qu'il s'en doutât, les mots du troubadour d'Astaffort avaient été de nature à toucher le cœur de cette demoiselle. À quelques kilomètres de là, ses paroles avaient également connu un écho singulier auprès d'un jeune homme, de quelque soixante printemps lui aussi, et qui se souvenait avoir voulu en d'autres temps, *vivre d'autre manière* et *dans un autre milieu*. Qui, *sur son lopin de terre, sous son vieil arbre tordu au milieu*, s'était un soir *brûlé les yeux*.

CHAPITRE 4

Col de la Pierre Saint-Martin,
13 juillet 1945.

Il avait tenu à l'emmener sur les hauteurs de la commune d'Arette, tout en haut du col de la Pierre Saint-martin, à deux pas du pic d'Arlas, afin qu'ils assistent ensemble à la célébration du traité de Paix de la Junte de Roncal. À titre de rattrapage de l'édition 1944, annulée en raison de l'insécurité liée au conflit mondial, ce n'étaient pas trois, mais six vaches qui devaient franchir la frontière. En ce 13 juillet 1945, cette manifestation revêtait donc un caractère historique particulier.

— Tu… tu gardes ce moment en mémoire,… je, … je te dirai la suite demain…

Juste après le serment de paix, il avait tenté de prononcer à son tour, son serment d'amour. Mais au moment crucial, il s'était trouvé à court de mots et s'était entendu prononcer ces paroles improbables. Elle avait semblé amusée autant qu'émue face à cette demande singulière.

À la fin de cette célébration particulière, ils avaient suivi la procession et étaient redescendus main dans la main, plus complices que jamais. Unis par un lien invisible qu'il ne lui avait pas encore proposé de nouer.

Et alors qu'ils devaient se retrouver le lendemain à l'occasion de la fête nationale, leurs adieux s'étaient prolongés et s'étaient faits langoureux. Comme si les deux jeunes amoureux avaient su qu'ils s'apprêtaient à faire face à une longue période de séparation.

*

Arette,
14 juillet 1945

Il voulait à tout prix éviter de se retrouver dans la même situation que la veille. Pour être sûr d'être prêt au moment crucial, Pierre avait répété sa phrase toute la nuit. Le traditionnel « Veux-tu m'épouser ? » n'ayant pas semblé lui convenir, il avait décidé de tenter une autre formulation. Comme de nombreux Béarnais, ils portaient tous deux un nom de famille qui faisait référence à la maison d'habitation. D'un point de vue étymologique, la formation de leurs patronymes reposait sur les mêmes racines et signifiait donc exactement la même chose en béarnais. Ainsi, comptait-il demander à Mademoiselle Bonnemaison si elle pouvait envisager de devenir un jour, Madame Casabonne. Il espérait que cette tournure moins directe lui permettrait d'aller jusqu'au bout de son propos. Il était convaincu au fond de lui que, non seulement il parviendrait à lui faire sa demande, mais qu'elle accepterait. La veille, il avait senti une complicité entre eux qui ne laissait pas la moindre place au doute. Il avait bien vu son sourire, cette lueur dans ses yeux, sa tendresse mêlée d'impatience quand il avait commencé à prendre la parole et que les mots étaient restés bloqués quelque part au fond de sa gorge. Comme pour l'encourager, elle lui avait tenu la main avec force et lui avait adressé un sourire qui en disait long. Le soir même, c'était certain, il ferait sa déclaration à celle avec qui il comptait passer le restant de ses jours.

Il s'était rasé de près et avait coiffé son béret neuf. Ce couvre-chef n'avait rien de différent de celui qu'il portait les autres jours, mais c'était une habitude qu'il tenait de son père. Chacun possédait en effet deux bérets noirs, parfaitement identiques. Un pour tous les jours, et un qui ne sortait de la haute lingère en noyer que pour les occasions. Il avait pris soin d'arriver bien à l'avance au bout du chemin. Autant pour être sûr de ne pas la faire patienter que pour avoir la joie de la voir descendre de l'unique autobus qui assurait la liaison Oloron-Arette. Ce n'était plus la saison des violettes, mais il avait pensé à lui apporter un petit bouquet de myosotis dont les petites fleurs lui rappelaient celles qu'ils s'étaient échangées le soir de leur rencontre. Il avait prévu de lui proposer de faire quelques pas le long du Virgou. Dans ce cadre bucolique, il savait déjà précisément à quel endroit il s'arrêterait pour lui faire sa demande.

Mais Suzette n'était pas venue au rendez-vous. Personne n'était descendu de l'autocar. N'y croyant pas, il l'avait regardé s'éloigner et était resté là, pantois. Un long moment de sidération s'en était suivi. Il avait ensuite arpenté longuement les petites rues du village avant de revenir sur la place principale pour finalement s'effondrer sur les marches en pierre du parvis de l'église. En ce jour de fête nationale, ces allées et venues n'étaient pas passées inaperçues.

Attablé à la terrasse de l'auberge avec des amis de la vallée qui s'étaient retrouvés là pour se désaltérer à l'issue d'une longue partie de quilles de neuf, son ami Jacques n'avait rien perdu de ces errances. Mais il avait préféré attendre un peu et l'avait laissé à ses déambulations avant de l'interpeller et lui faire signe de les rejoindre. Jacques n'y connaissait pas grand-chose en chagrin d'amour, c'est pourquoi il avait préféré laisser à sa sœur le soin de trouver les mots pour lui relater la scène à laquelle ils avaient assisté tous deux quelques heures plus tôt sur la place du Marcadet à Oloron. Entre Suzette et un jeune homme inconnu. Il était conscient que ce serait un rude coup à encaisser pour son ami. Mais comme le font toujours les bons copains pour aider l'un des leurs à surmonter une peine de cœur, il s'était montré tout disposé à lui consacrer du temps pour l'écouter et l'épauler dans cette épreuve. Il lui avait confirmé son amitié en lui tenant compagnie toute la soirée, à grand renfort de vin blanc que l'aubergiste avait fait arriver de Monein par tonneaux.

Quand l'orchestre commença à jouer les premières notes, il avait déjà passé plusieurs heures accoudé au comptoir du Troquet Ambille. Il s'était épanché. Les nombreux copains avaient eux aussi répondu présent et les tournées s'étaient enchaînées. De ce royal breuvage avec lequel Henri II aurait, selon la légende béarnaise, baptisé jadis son petit fils, futur roi de France et de Navarre, après lui avoir frotté les lèvres avec une gousse d'ail, ils s'étaient attachés à étancher ses larmes tout autant que leur soif. Et le Jurançon avait tenu ses promesses. S'il ne lui avait pas permis de noyer totalement son chagrin, nul n'aurait pu lui ôter le mérite de lui avoir donné suffisamment de courage pour prendre quelques initiatives. Désinhibé par une quantité non négligeable de cet apéritif de roi, il s'éloigna du comptoir et s'avança, tel un prince, vers deux charmantes demoiselles qu'il n'avait jamais vues auparavant et qui semblaient en grande discussion.

Elle ne s'aperçut de sa présence que lorsqu'elle sentit un bras se poser familièrement sur son épaule.

— Alors, comme ça, ces demoiselles se sont perdues et ont besoin d'un guide pour découvrir la vallée ?

Elle n'avait vu que son sourire. Un large sourire qui laissait découvrir une dentition parfaite et éclairait un visage sympathique. Elle le trouva charmant au premier regard. Cette intervention motivée par les émanations de Jurançon l'avait laissée sans voix. Sa cousine avait fait preuve de plus de répartie et avait parlé pour elle en la désignant :

— Tu crois pas si bien dire ! Elle n'attendait que toi pour la faire danser !

Il ne s'était pas fait prier et l'avait invitée à rejoindre le bal musette. Les valses avaient succédé aux paso-dobles et ils ne s'étaient pas quittés de la soirée. D'ordinaire, il était d'un naturel plutôt réservé, mais le vin l'avait rendu particulièrement affable. Ainsi, dans un long soliloque, lui avait-il raconté ses origines pastorales, la montagne, la magie des nuits dans la cabane lorsqu'il rejoignait son père et son frère aîné à l'estive. Il lui avait dit son attachement profond à cette terre qui, sur fond de carte postale pouvait aussi montrer un visage beaucoup plus rude, surtout l'hiver. Il avait évoqué le puissant dilemme auquel il avait été confronté, au même titre que nombre de jeunes gens de la région, tiraillés entre amour des traditions – dont le fardeau pouvait sembler parfois un peu lourd à porter – et désir de modernité. Son frère aîné ayant repris l'exploitation familiale, comme de nombreux cadets de familles modestes, il n'avait pu envisager de devenir berger à son tour. Plus par occasion que par vocation, il avait donc choisi de se tourner vers l'industrie. De manière surprenante, il s'était rapidement adapté à ce domaine pourtant aux antipodes de son quotidien pastoral, ancré depuis des générations dans une profonde ruralité, et il était devenu mécanicien dans une des manufactures de linge traditionnel basque implantées le long du gave d'Oloron.

Elle lui avait parlé de ses futurs élèves qui l'attendaient dans une petite école communale d'Auvergne à la rentrée suivante. Elle avait évoqué une période compliquée, quelques mois plus tôt, avec des fiançailles prévues de longue date avec un militaire promis à une brillante carrière au sortir de la guerre mais dont elle n'avait finalement pas voulu.

Quand elle s'était aventurée à lui demander s'il avait une fiancée, il ne s'était pas attardé et avait évoqué un amour passé qui s'était envolé pour aller se poser dans les bras d'un autre. Elle n'avait su déterminer si l'ombre qui était venue à cet instant voiler les yeux de ce jeune homme charmant avait été portée par un souvenir encore trop frais ou s'il s'agissait d'une simple lassitude causée par l'excès de boisson du début de soirée.

Il était tard quand l'orchestre cessa de jouer et qu'il fallut se décider à rentrer. Elle était en vacances chez des cousins. Ils décidèrent de se revoir avant son départ. Il avait dégrisé quand ils se quittèrent et il se dit que, contre toute attente, il avait passé une jolie soirée.

Il s'appelait Pierre. On l'appelait Lalie.

La semaine qui suivit, ils se retrouvèrent chaque jour sur la place du village d'Arette. Dès qu'ils en avaient l'occasion, cette passionnée de littérature et ce féru de culture locale profitaient de leurs vacances pour arpenter à bicyclette des routes, qu'en d'autres temps les cadets de Gascogne et autres aspirants mousquetaires du roi avaient empruntées avant eux, qui à pied, qui sur le dos d'un malheureux cheval jaune. Pour commencer à tisser de solides liens, ils n'auraient pu trouver de meilleur terrain que cette vallée de Barétous dans laquelle les noms de Porthos et Aramis résonnaient encore.

Au cours de leurs nombreuses escapades, ce pays fortement vallonné, cher au cœur du Comte de Tréville, fit défiler sous leurs yeux ébahis quantité de paysages harmonieux où de vastes forêts succédaient à de vertes prairies autour desquelles rebondissaient les unes après les autres et à n'en plus finir, de multiples collines multicolores qui mirent plus d'une fois leurs mollets à dure épreuve. Lorsque, épuisés, ils mettaient un pied à terre, ils profitaient des pauses pour observer la faune et la flore pyrénéennes tout en se racontant leurs vies qui s'apprêtaient à recommencer au sortir de la guerre. Lors d'une de leurs escapades, l'herbe drue les accueillit plus confortablement que d'habitude, et comme ils s'attardaient un peu, elle se proposa de leur servir d'écrin. Sous le soleil brûlant, seul le gypaète barbu qui tournoyait haut dans le ciel fut témoin de ce qui se passa entre eux par cet après-midi du mois de juillet.

Le temps fila et la fin de la semaine vint refermer cette parenthèse enchantée plus rapidement qu'ils ne l'auraient souhaité. Ils se donnèrent rendez-vous une dernière fois à la terrasse du troquet Ambille. Autour d'un verre de Suze dont ils découvraient pour la première fois le goût amer, ils promirent de s'écrire. Elle reviendrait aux prochaines vacances pour découvrir les beautés de l'automne. L'été passerait vite. Attablé avec eux, Jacques ne cachait pas son soulagement de voir son ami en bonne compagnie et prêt à sourire à nouveau. Il faisait partie des rares habitants de la vallée qui possédaient une voiture, aussi se proposa-t-il spontanément pour jouer les taxis jusqu'à la gare d'Oloron le lendemain matin. Sa chère Peugeot avait longtemps été remisée à la grange en raison des restrictions de carburant dues à la guerre et ne demandait pas mieux que de reprendre du service. Les deux sœurs de Jacques souhaitaient effectuer quelques emplettes à la ville et décidèrent qu'elles se joindraient à eux.

— *Quant vòs ganhar, pastoreta charmanta...*

C'est dans une ambiance de franche camaraderie que les cinq jeunes gens embarquèrent le lendemain matin à bord du véhicule qui devait les conduire à Oloron Sainte-Marie. Les riverains qu'ils trouvèrent sur leur passage s'amusaient de les entendre chanter à tue-tête les paroles de Cyprien Despourrins, célèbre poète local.

Arrivés à hauteur du quartier de Légugnon, les chants se firent moins enthousiastes. Ce quartier d'Oloron, du nom de l'ancien village avant qu'il ne fusionne avec Sainte-Marie pour former la commune de Légugnon-Sainte-Marie, se situait au carrefour des trois vallées du Haut Béarn. À la manière d'un passage entre le rêve et la réalité, l'arrivée dans ce quartier annonçait la sortie de la vallée de Barétous et sonnait la fin des vacances, rappelant douloureusement aux jeunes amoureux l'imminence de leur séparation. Quand ils furent sur le quai de la gare, l'ambiance avait changé du tout au tout. Au moment des adieux, Lalie pleurait à chaudes larmes dans les bras de Pierre qui avait, lui aussi, bien du mal à cacher son émotion.

Quand après un voyage éprouvant de plusieurs heures, Lalie arriva enfin en gare de Clermont-Ferrand, elle posta le courrier qu'elle avait rédigé dans le train à l'attention de Pierre. Elle aurait aimé pouvoir suivre le même chemin que cette longue lettre enflammée qu'elle avait pris soin de parfumer, et repartir en sens inverse vers les paysages verdoyants et vallonnés que le jeune Béarnais lui avait fait découvrir au cours de cette semaine enchantée.

Au même moment, une main tremblante déposait un autre courrier au bureau de Poste d'Oloron Sainte-Marie. Bien plus court. Et qui avait bien moins de chemin à parcourir pour parvenir jusqu'à sa destinataire. Un courrier qui porterait, longtemps, le parfum des regrets.

CHAPITRE 5

Petit village, non loin d'Oloron Sainte-Marie,
Mercredi 4 mars 2020.

Manon n'avait pas renoncé à trouver cette mystérieuse lettre qui pourrait peut-être lui donner des informations lui permettant de remonter jusqu'au vieil inconnu. Elle était retournée chez Suzette. Mais cette fois, elle comptait bien prendre son temps. Elle avait demandé l'autorisation à sa grand-mère d'aller passer l'après-midi chez son arrière-grand-tante, au prétexte de récupérer des livres qui lui avaient semblé intéressants. Elle avait précisé qu'elle voulait en profiter pour ramasser les cassis et peut-être, prendre également le temps de lire un peu dans la cabane de bûches au fond du jardin, comme elle le faisait si souvent lorsqu'elle allait rendre visite à son arrière-grand-tante à l'époque où elle vivait dans la maisonnette.

Marilou était enchantée d'accueillir Manon chez elle pour une semaine de vacances. Elle avait tout de suite accédé à la requête de sa petite-fille, même si l'argument littéraire avancé par cette dernière la laissait tout de même quelque peu perplexe. Elle avait du mal à imaginer que de vieux romans à l'eau de rose puissent intéresser une adolescente de quatorze ans. De plus, ce n'était pas vraiment la saison pour les cassis. Ni pour aller lire au fond du jardin. Mais elle-même avait tellement aimé cette petite maison qu'elle comprenait tout à fait que Manon puisse avoir envie d'y passer un moment.

— Prends ton temps, ma Manon, lui avait-elle dit. Prends tout ton temps.

Manon commença par ouvrir la maison en grand. La vive lumière s'empressa de venir lécher les murs fatigués, donnant un nouvel éclat à la peinture jaune canari que Suzette avait choisie lors du dernier badigeonnage.

— Mais enfin Tantine, tu n'es pas raisonnable. Tu as encore repeint la cuisine toute seule ! s'était offusquée une de ses nièces. Ce n'est vraiment pas prudent…

C'était dans les habitudes de Suzette, avant qu'elle ne finisse par se blesser. Toute sa vie, elle avait pris soin d'effectuer elle-même l'entretien de sa maison. Cette pratique plus économique lui garantissait que les choses soient toujours faites selon son goût. Les voisins ne s'étonnaient plus de voir régulièrement cette vieille dame se promener sur la toiture pour ramoner la cheminée ou pour nettoyer les gouttières.

Manon se remémora la discussion qui avait suivi cette prise d'initiative et ne put s'empêcher d'esquisser un sourire en se rappelant d'un de ces traits d'humour dont Suzette avait l'habitude pour mettre un terme aux nombreuses inquiétudes de ses nièces.

— Mais ne t'inquiète pas, petite Ciennotte, je t'assure que je fais toujours bien attention. Et puis, tu sais… j'étais pas toute seule, avait précisé Suzette. J'étais avec l'escabeau !

Ne perdant pas de vue les raisons qui l'avaient amenées là, Manon commença son exploration. Elle aperçut un vieux tourne-disque, relique d'un passé pas si lointain mais dont elle aurait été incapable de donner le nom. Une pile de disques.

Que des vieux ! Tous morts probablement !

Dans la pile, pourtant, le nom d'un artiste l'interpella. Celui-là, il était vieux, mais elle savait de source sûre qu'il n'était pas encore mort ! D'ailleurs, il était même possible que sa copine Faustine et elle aient l'occasion de le rencontrer, en personne, au cours de l'année, dans le cadre du programme Jazz in Collège. Leur professeur d'éducation musicale leur avait expliqué que l'artiste serait présent au Zénith au mois de juin et qu'il participerait à une des représentations pour accompagner les élèves. Pas franchement enthousiastes, Faustine et elle s'étaient mutuellement motivées et avaient fini par s'inscrire à l'atelier chorale de leur collège, uniquement pour faire plaisir à leurs mères respectives, fans absolues. Elles avaient donc étudié toutes les chansons au programme. Et ni l'une ni l'autre ne se privait de rappeler ce que ce sacrifice impliquait aux deux groupies qui croisaient les doigts pour que le troubadour ait la bonne idée d'intervenir pendant la représentation à laquelle participaient leurs filles.

Heureusement que son nom figurait en gros sur l'album. Avec cette allure de mousquetaire moustachu adossé à une ruine, elle ne l'aurait jamais reconnu. Manon parcourut rapidement les titres inscrits au dos de l'immense pochette carrée, à la recherche d'un morceau qu'elle aurait pu croiser en cours de musique, mais elle ne trouva rien de connu. Elle aurait bien eu envie d'écouter un disque mais l'utilisation de cet appareil rectangulaire orange des années 70 restait un mystère entier pour elle. Heureusement, elle n'avait pas encore consommé la totalité de son forfait 4G et, contre toute attente, on captait plutôt pas mal à cet endroit du village. Elle tapa le premier titre qu'elle trouva sur la liste.

*

Entre elles deux, le courant était passé dès les tous premiers instants de leur rencontre. Lorsque Suzette l'avait prise dans ses bras pour la première fois, Manon avait saisi l'auriculaire que lui tendait sa bisaïeule et s'était fondue dans son regard pendant de longues minutes. Un trait d'union évident s'était immédiatement installé entre ces deux gamines que quatre-vingts printemps rapprochaient. Manon avait toujours aimé lui rendre visite. Chez elle, ce n'était que rires, bons mots et friandises. Lorsque la mère de Manon tentait d'empêcher cette dernière de se resservir parmi les nombreux desserts ou confiseries que Suzette mettait toujours à disposition de ses visiteurs, la vieille dame prenait systématiquement la défense de son arrière-petite-nièce, se mettant de son côté à grand renfort de maximes imparables qui la caractérisaient si bien :

— Mais laisse-la donc faire ! Il faut bien soigner le corps pour que l'âme reste ! Et elle concluait toujours par son éclat de rire éraillé et suraigu.

Manon avait pris possession des lieux pour l'après-midi. Les écouteurs sur les oreilles, elle ouvrait les tiroirs, furetait dans les classeurs où tous les documents de Suzette avaient été soigneusement rangés. Elle ne trouva rien d'intéressant. Au-dessus de la télévision, de vieilles photos de famille et de nombreuses cartes postales. Suzette n'avait jamais beaucoup voyagé. Elle s'était rendue une fois à Paris, dans sa jeunesse. Ça avait été sa plus grande expédition. Arrivée à l'âge de la retraite, elle s'était réjouie de pouvoir se rendre régulièrement de l'autre côté de la frontière en compagnie de sa sœur et de son beau-frère qui ne manquaient pas de l'inviter à bord de leur 2CV à chacune de leurs expéditions en péninsule ibérique. Elle avait toujours adoré recevoir ces témoignages d'affection venus de parties du globe qu'elle n'aurait jamais l'occasion de fouler. Tout un pan de mur de sa cuisine en était recouvert. Il y en avait de tous les pays et certaines, en noir et blanc avaient l'air d'être très anciennes. Manon passa un long moment à les observer en détail. Une d'entre elles attira plus particulièrement son attention. C'était une vieille carte postale jaunie dont les bordures étaient finement dentelées. Elle représentait trois vaches dans un paysage de montagne. En haut de la carte figurait l'intitulé « Le traité de la Junte de Roncal ». Manon avait déjà entendu parler de ce traité. Pendant l'année scolaire, son professeur de sciences et son professeur d'histoire avaient organisé une sortie au musée de la Maison du Barétous à Arette. Elle se rappelait très bien qu'au rez-de chaussée se trouvaient toutes les informations sur le séisme d'Arette et qu'à l'étage, une exposition présentait en détail l'histoire de ce traité de paix. Le jour de leur visite, ils avaient rencontré le maire du village qui leur avait expliqué tout cela avec un enthousiasme communicatif. Elle se demanda de quelle époque pouvait dater cette carte. Elle retira la punaise et retourna le morceau de carton gondolé :

Suzette,
Je suis désolé, nous n'avons plus rien à nous dire.
Pierre

CHAPITRE 6

Petit village non loin d'Oloron Sainte-Marie,
Mardi 24 juillet 1945.

— Suzette ! Qu'as-tu ? Où vas-tu ? Mais enfin, a-t-on idée de partir ainsi ? Qu'est-ce qui se passe ?

Suzette avait abandonné la carte postale sur la petite table de la cuisine. En quittant précipitamment la pièce, elle avait laissé la porte ouverte. Un coup de vent l'avait refermée en la faisant claquer violemment et avait par la même occasion fait sursauter sa mère. La pauvre Jeanne, atteinte de cécité en raison d'un diabète congénital, ne comprenait rien à ce qui se passait autour d'elle. Elle avait entendu Suzette soulever le loquet de la boîte à lettres. Elle avait perçu le claquement très net quand elle avait été refermée. Suzette n'avait pas prononcé un mot, mais Jeanne en était sûre, sa fille s'était mise à pleurer.

Suzette revenait à peine du travail et n'avait pas pris la peine de se changer. Elle avait traversé en courant la petite cour et avait enfourché son vélo mauve. La pluie qui battait son visage se mêlait aux larmes qui lui brûlaient les yeux et empêchait ainsi les personnes qu'elle croisait sur son passage de s'apercevoir de son désespoir. De toute façon, elle s'en fichait. Ils pouvaient bien penser ce qu'ils voulaient. La seule chose qui lui importait, c'était d'arriver à temps devant chez Lartigue. Dans son désespoir, elle ne tenait compte ni de son souffle court ni de la morsure brûlante que chaque coup de pédale infligeait méchamment à ses mollets. Elle ne se préoccupait pas non plus de sa robe trempée dont le tissu léger plaqué sur sa peau révélait les lignes de son corps fuselé de jeune-fille de la campagne rompue à l'exercice physique et aux travaux des champs. Elle devait absolument voir Pierre. La dizaine de kilomètres qui la séparait de lui ne lui avait jamais paru aussi longue à parcourir. Un seul et unique but à ce contre la montre effréné : arriver à l'heure de la débauche pour ne pas le manquer à la sortie.

Il lui avait d'abord fallu affronter la pénible ascension de la côte du Priou. Elle avait pu souffler un peu et profiter du replat du Gabarn, et, avant d'arriver à la ville, avait longé le parc Pommé pour déboucher sur la place du Marcadet où se tenait habituellement le marché. Arrivée à la cité mariale, surnommée parfois la Venise béarnaise en raison des nombreux ponts qui permettaient d'enjamber tantôt le gave d'Ossau, tantôt le gave d'Aspe, elle avait filé ensuite à gauche jusqu'au pont Sainte Claire. Cette construction de Gustave Eiffel jetée sur le gave d'Aspe entre le Tribunal et la Poste lui avait permis de gagner rapidement le jardin public. De là, elle avait tracé toujours tout droit jusqu'à ce qu'elle voie se profiler les hautes cheminées de l'usine de textile.

Elle entendit dix-huit heures sonner au loin au clocher de l'église. Il ne lui restait plus beaucoup de chemin à parcourir. Ce n'était plus qu'une question de minutes et elle pourrait lui expliquer pourquoi elle n'avait pas pu tenir sa promesse et n'était pas venue au rendez-vous.

Lorsque, à bout de souffle, elle arriva enfin au niveau de l'usine, la pluie avait cessé. Elle aperçut un petit groupe d'ouvriers qui profitaient de l'éclaircie pour discuter tout en grillant une cigarette, prédisant un retour imminent du mauvais temps en raison de la forte odeur de chocolat qui émanait de l'usine Rozan, réputée pour ses chocolats givrés au goût inimitable. Son chignon gonflant habituellement haut perché sur sa tête n'avait su résister ni à la pluie, ni à la course effrénée à bicyclette et s'était effondré sur ses épaules. Mais elle ne prit la peine d'essayer d'arranger ni sa coiffure, ni sa tenue. Trempée, le cœur battant, elle posa rapidement son vélo et s'approcha du petit groupe. Elle ne reconnut pas Pierre parmi ces hommes en bleu de travail. Elle hésita un peu avant de se décider à se diriger vers eux.

— Bonjour, je cherche Pierre Casabonne. Il me semble bien qu'il travaille aujourd'hui.

— Pierrot ? Il a demandé son solde vendredi dernier. Il travaille plus ici.

— Et… vous savez où je peux le trouver ?

Aucun des ouvriers ne fut en mesure de lui apporter de réponse. Effondrée, Suzette s'adossa au mur de l'usine et les regarda s'éloigner. Elle attendit d'être seule pour s'autoriser à libérer son chagrin. Et elle pleura. Longtemps. Il faisait presque nuit lorsqu'elle revint à la maison. Sa mère l'avait tout de même attendue pour le repas, laissant la garbure réduire et s'épaissir au fond de l'épais faitout. Jeanne avait mis le couvert. Elle avait déposé la carte dans le dressoir, sur la tablette du haut. Juste au-dessus des épais verres de table. C'était là qu'elle avait pris l'habitude de poser le courrier en attente depuis que sa vue avait commencé à baisser.

Jeanne ne fit aucun commentaire. Ni sur le départ précipité de Suzette, ni sur l'heure tardive. Elle ne dit rien non plus lorsqu'elle s'aperçut qu'elle n'entendait pas d'autre son que celui de sa propre cuillère cogner contre l'assiette. Suzette n'avait pas faim. La peine avait pris toute la place. Il lui faudrait pleurer longtemps avant de se sentir à nouveau capable de recommencer à avaler quoi que ce soit. Le temps de déverser cet océan de larmes qu'elle avait senti se former en son sein quelques heures plus tôt et dont la lourde masse refluait à n'en plus finir, au point de l'en étouffer.

Au cours des semaines qui suivirent, Jeanne fut le témoin impuissant du désespoir de sa fille. Dans la petite chambre qui jouxtait la sienne, elle l'entendit pleurer toutes les nuits. Du coucher du soleil jusqu'à l'aube, Suzette se lamentait, sanglotait, suffoquait.

À la fin de l'été, les larmes commencèrent enfin à s'espacer. Et au passage des premières palombes, à l'époque où elle aurait dû aller danser aux fêtes patronales de la Saint-Grat, elle avait cessé tout à fait de pleurer. Comme si la source de larmes avait fini par se tarir définitivement. Elle n'était pas guérie à proprement parler. À quelques semaines de la Toussaint, elle avait simplement commencé à faire son travail de deuil. Le deuil du grand amour, le deuil d'une vie à deux, d'une vie de famille avec de grandes tablées d'enfants. Elle avait compris qu'elle serait désormais privée de certains rôles dans sa vie. Elle serait une sœur, une fille, une tante… Une grand-tante, peut-être. Mais elle ne serait jamais ni une épouse, ni une mère, ni une grand-mère. En quelques mots, cette carte postale avait changé le cours de sa vie et lui avait volé son avenir. C'en était fini des rêves de voyage ou d'une grande maison avec étage. Elle savait désormais qu'elle passerait le reste de sa vie ici. Les quatre murs de cette petite maison constitueraient son passé, son présent, son avenir.

Qu'il était loin, le dimanche des violettes ! C'était ainsi que l'on dénommait communément à Oloron Sainte-Marie, le deuxième dimanche de Carême. Ce jour-là, il était d'usage que les jeunes filles des villages environnants aillent danser en grand nombre à la ville. C'était à cette occasion qu'elle l'avait rencontré. Elle n'avait pas tardé à remarquer ce jeune homme discret qui la regardait quand elle passait à son niveau. Il s'était ensuite illustré dans une démonstration de sauts béarnais. À la fin de la soirée, elle lui avait offert le petit bouquet de violettes qu'elle portait au bout d'une broche. Ils s'étaient à nouveau croisés lors de bals traditionnels ou dans des bals musettes donnés à l'occasion des fêtes patronales des villages environnants. D'abord, presque par hasard. Puis peu à peu, ils avaient osé se fixer des rendez-vous qui les avaient amenés à écumer tous les bals des villages de la région, leur permettant de tournoyer allègrement dans les bras l'un de l'autre au rythme des valses et javas endiablées ou de virevolter lestement au gré des divers sauts et branles traditionnels béarnais.

Ce printemps 1945 avait pourtant vu naître tellement d'espoirs. Mais finalement, tel le *Huec de Sent Jan*[1] au cours duquel elle s'était tellement amusée, tout cela n'avait été qu'un feu de paille. Pour des raisons qu'elle ignorerait durant toute sa vie, Pierre avait décidé de lui tourner définitivement le dos et était parti danser sous d'autres ailleurs.

---

1 Le feu de la Saint-Jean

CHAPITRE 7

Oloron Sainte-Marie,
Samedi 21 juillet 1945.

Après avoir accompagné Lalie à la gare, Pierre passa la journée à Oloron en compagnie de Jacques et de ses sœurs. N'ayant eux-mêmes rien de particulier à faire en ville, les galants jeunes hommes s'étaient laissés convaincre et avaient fini par accepter de suivre dans leurs déambulations les deux demoiselles qui n'avaient omis de visiter aucune des nombreuses boutiques de la rue Chanzy.

Épuisé par cette expédition, Jacques insista pour tous les inviter à prendre un rafraîchissement avant de remonter vers la vallée de Barétous. Ils se dirigèrent vers l'hôtel Lardonnère situé non loin de la mairie et trouvèrent une place confortable en terrasse à l'ombre des glycines. En cette fin d'après-midi du mois de juillet, ils commandèrent une bouteille de limonade d'Ogeu-les-bains dont la fraîcheur légèrement acidulée était tout indiquée pour les désaltérer. L'ambiance était plus légère que le matin. Les jeunes femmes admiraient leurs emplettes et demandaient leur avis aux jeunes gens sur leurs achats. Jacques s'amusait à provoquer ses sœurs, leur reprochant de dilapider l'héritage familial en fanfreluches et plaisantait tout autant avec la serveuse en passant la commande.

Pierre restait silencieux et s'amusait discrètement des fanfaronnades de son ami. Mais son visage ne tarda pas à s'assombrir. Reconnaissable entre tous, avec son petit panier fixé au guidon, le vélo mauve de Suzette avait été posé contre le mur de la mairie. Pierre sentit des difficultés à déglutir et commença à sentir un flottement au niveau de son estomac. La tristesse était revenue d'un coup, mêlée à une farouche envie de la voir. Il voulait lui parler, l'entendre. Il voulait qu'elle lui dise en face qu'elle ne voulait plus de lui, qu'elle en préférait un autre. Il remercia à peine la serveuse quand elle lui servit son rafraîchissement, il ne parvenait pas à quitter des yeux la bicyclette.

Toujours avec le même entrain, Jacques continuait à entretenir la conversation et divertissait son auditoire. Visiblement sensible aux charmes de la serveuse, il s'était levé pour lui proposer son aide et l'avait suivie jusque dans la salle de restaurant. Pierre n'écoutait plus que d'une oreille, envoûté par cette bicyclette mauve adossée au mur de l'hôtel de ville. Il aperçut un petit homme hardi sortir de la mairie, visiblement ravi. Quand il passa à son niveau, Pierre distingua le tampon du bureau d'état civil sur le document qu'il tenait à la main. Il envia son air heureux et son sourire satisfait. D'un air décidé, le petit homme se dirigea vers le vélo de Suzette. Il glissa les documents dans une des sacoches, enfourcha prestement la bicyclette et s'éloigna rapidement en sifflant gaiement. Pierre ne s'attendait pas du tout à ça. L'espace d'un instant, il avait espéré la voir. Au fond de lui, il avait souhaité une rencontre fortuite tout autant qu'il l'avait redoutée.

Il regardait ce parfait inconnu s'éloigner sur cette bicyclette qu'il connaissait si bien lorsqu'il l'aperçut. Suzette se tenait à l'angle de la rue devant la boutique du primeur, un petit sac à la main. Elle fit un signe de la main à l'inconnu qui s'arrêta à son niveau. Il la vit qui s'approchait de lui. Sans descendre de cette bicyclette qui ne lui appartenait pas, l'homme posa un pied à terre et serra Suzette quelques instants dans ses bras. Après une étreinte qui sembla interminable au malheureux observateur, Suzette s'installa sur le porte-bagages et encercla fermement la taille de celui qui lui servirait de chauffeur. En regardant son premier grand amour s'éloigner ainsi, Pierre sut à cet instant que tout était définitivement terminé entre eux.

— Tiens, tu vois, c'est lui… polichinelle dans le tiroir… déjà vus la semaine dernière… pressés de régulariser… faire les papiers à l'état civil…

Les paroles qui sortaient de la bouche de Jeannette ne parvenaient jusqu'à lui que par bribes, mais, telles les pièces manquantes d'un puzzle, les unes après les autres, ces informations venaient parfaitement s'imbriquer pour compléter l'obscure trame dans laquelle il errait depuis ce rendez-vous manqué au bal du quatorze juillet.

Jeannette ne semblait pas se rendre compte de la torture qu'elle imposait à l'ami de son frère et poursuivait en se délectant des moindres détails :

— … la semaine dernière devant chez le docteur… Elle, elle pleurait… Lui, il était content…

— Mais vas-tu donc te taire ! s'exclama Jacques à l'attention de sa sœur en frappant du poing sur la table d'un coup tellement sec qu'il fit sursauter les jeunes filles tout autant que les verres et la bouteille posés sur la table.

Et il poursuivit :

— Je suis désolé, Pierrot. Tu méritais pas de voir ça… Allez, c'est de l'histoire ancienne. Elle n'était pas pour toi, c'est tout. Et puis, maintenant, tu as Lalie…

Pierre avait le cœur trop gros pour répondre. Le temps que Jacques aille régler les consommations, il griffonna quelques mots sur une carte postale cornée qu'il sortit de sa poche. Avant de remonter dans la vallée, il demanda à son chauffeur de s'arrêter au bureau de Poste.

CHAPITRE 8

Petit village non loin d'Oloron Sainte-Marie,
Mercredi 4 mars 2020.

Le tampon de la poste indiquait le 21 juillet 1945. Manon comprit qu'elle était sur une piste sans savoir pour autant que faire de cette information. Elle en déduisait que le vieil homme qu'elle avait croisé à la maison de retraite devait s'appeler Pierre et que la carte qu'elle tenait entre les mains n'était rien d'autre que le mystérieux courrier qu'il avait évoqué avec tant d'émotion. Ce devait être lui, le berger dont lui avait parlé sa grand-mère et avec lequel Suzette avait manqué son rendez-vous au bal du 14 juillet. La carte avait été écrite quelques jours après. Ça pouvait coller.

Elle avait un peu avancé, mais au final, elle n'avait qu'un prénom. Elle savait qu'elle ne pouvait pas compter sur sa grand-mère, Mamilou était bébé au moment des faits et elle lui avait déjà dit tout ce qu'elle savait. Peut-être pouvait-elle se tourner vers le voisinage. Elle se souvenait que Suzette avait été un des piliers de la vie sociale du village et qu'elle y comptait encore de nombreuses connaissances. L'une d'entre elles pourrait éventuellement l'aider. Elle alla donc trouver la première voisine de Suzette. Manon découvrit que, bien qu'âgée à ses yeux, la voisine n'avait qu'une dizaine d'années en 1945 et qu'elle n'était au courant de rien. Si elle voulait avoir une chance de recueillir des informations susceptibles de l'intéresser, il lui fallait donc interroger une personne qui aurait au moins quatre-vingt-dix ans. La voisine lui conseilla d'aller voir Léontine, elles avaient toujours été bonnes amies avec Suzette, elle saurait sans doute.

Manon entreprit donc de monter au hameau à vélo. Elle suivit scrupuleusement l'itinéraire qui lui avait été indiqué. Elle traversa le village, passa le pont de pierre, dépassa l'ancien lavoir, bifurqua dans les odeurs de fougères et s'engagea sur la côte abritée par les chênes et les châtaigniers. À l'issue d'un virage dont elle croyait ne jamais voir la fin, elle put admirer toute la plaine qui se dévoilait soudain, déroulant sous ses pieds un somptueux paysage qui s'étalait jusqu'aux contreforts pyrénéens. Ses mollets étaient en feu mais la vue était à la hauteur de la difficulté. Elle s'accorda quelques instants pour recouvrer son souffle et s'amusa à retrouver au loin la petite maison de Suzette ainsi que la maison de ses grands-parents que l'on distinguait en contre-bas. Une fois arrivée tout en haut de la colline, comme indiqué, elle arriva au niveau d'une grande croix atypique et descendit vers les maisons qui se trouvaient un peu plus loin au bout d'un chemin tortueux.

Elle fut d'abord accueillie par un immense chien blanc. Ce Patou des Pyrénées était presque aussi grand qu'elle. Elle dut attendre un moment avant de voir arriver quelqu'un au loin. Il s'agissait d'un garçon qui devait avoir à peu près son âge. Elle se présenta et expliqua les raisons de sa visite. Lucas la fit entrer et la conduisit dans la grande cuisine auprès de ses arrière-grands-parents. La vieille dame se trouvait à côté du feu dans un fauteuil confortable, elle était assoupie. Quand elle ouvrit les yeux, un grand sourire éclaira aussitôt son visage ridé, découvrant une bouche totalement édentée. Manon la trouva charmante avec ses longues nattes blanches rassemblées en couronne sur le sommet de sa tête.

— *Que è ue beroye maynade !*[1]

Un peu gêné, Lucas lui expliqua que son arrière-grand-mère s'exprimait de moins en moins souvent en Français. La vieille dame ne cessait de lui sourire, et lui répétait qu'elle était drôlement mignonne. Malheureusement, Manon comprit rapidement qu'elle ne pourrait pas compter sur son aide pour obtenir quelque information que ce soit. En plus d'être assez sourde, Léontine ne semblait plus avoir toute sa tête et répétait en boucle les mêmes phrases. Manon la gratifia d'un sourire et quitta la maison. Lucas la raccompagna jusqu'au portail.

En traversant la cour, elle entendit comme un grognement :

— Caaaasaaa Boooooonneeeeee…

Un vieil homme se tenait debout, appuyé contre l'immense porte de la grange. Manon, ne comprenait pas bien le béarnais, elle se dit que ce devait être un terme qu'elle ne connaissait pas. Elle se contenta de le saluer en souriant et dit au revoir à Lucas.

— Caaaasaaa Boooooonneeeeee !!!

Elle s'apprêtait à enfourcher son vélo lorsque le vieillard l'interpella :

— *Maynade !*[2] *Lo hilh de pute*[3] que tu cherches, il s'appelait Pierre Casabonne !

Manon comprit alors qu'elle était sur la bonne piste et fit demi-tour en direction du grand bâtiment. Le vieil homme lui

1 En voilà une jolie petite !

2 Petite !

3 Traduction littérale : « Le fils de pute » (expression courante, peut-être plus acceptable en Béarnais qu'en Français)

apprit que lorsque Suzette avait une vingtaine d'années, elle avait fréquenté un jeune homme de la vallée de Barétous qui s'appelait Pierre Casabonne.

— *Prauvina!*[1] comme Marie-Chourre, elle a pleuré toutes les larmes de son corps quand il l'a laissée, *aquet gran salop* ![2]

Manon ne put obtenir d'autre information, mais elle avait drôlement avancé. Un prénom, un nom, une zone géographique. Elle était désormais en possession de trois informations exploitables.

---

1 La pauvre !

2 Ce grand salopard !

CHAPITRE 9

Arette,
Samedi 13 juillet 1946.

En ce jour de liesse, les cloches de l'église Saint-Pierre sonnaient tellement fort qu'on eut pu craindre qu'elles ne se décrochent. Exactement un an après leur rencontre, Lalie et Pierre convolaient en justes noces devant une petite assemblée de parents et d'amis. Lalie avait tout naturellement choisi sa cousine comme demoiselle d'honneur, complice des premiers instants de sa rencontre avec Pierre. Comme une évidence, Pierre quant à lui avait choisi Jacques comme témoin. Témoin discret et soutien sans faille lors de la transition douloureuse entre le moment où Suzette lui avait tourné le dos et celui de la renaissance lorsque Lalie lui avait ouvert les bras. Il avait été l'ami de tous les instants, toujours présent pour l'écouter, le plus souvent autour de quelques bouteilles de Jurançon. Jacques avait eu la délicatesse de ne jamais critiquer Suzette, laissant à Pierre le soin d'effectuer son deuil doucement jusqu'à ce qu'il se sente totalement disponible pour s'engager sérieusement avec Lalie. Pierre n'avait jamais revu Suzette depuis le jour où il avait vu sa robe bleue flotter au loin sur ce vélo mauve conduit par un autre. Peu à peu, le temps avait fait son travail, la douleur avait fini par s'estomper. Et en ce jour de juillet, sous une pluie battante, il était pleinement heureux de prendre Lalie pour épouse.

CHAPITRE 10

Petit village non loin d'Oloron Sainte-Marie,
Mercredi 4 mars 2020.

De retour chez ses grands-parents, Manon s'aperçut qu'elle avait utilisé tout son forfait 4G pour écouter les chansons de Francis Cabrel sur Youtube et dut leur demander l'autorisation de se connecter à Internet. Ces derniers considéraient que ce joyau de technologie devait être utilisé avec parcimonie et réservé, avant toute chose, à la connaissance et à la culture. Manon prétexta une recherche pour un exposé et profita d'un moment où sa grand-mère se trouvait à l'étage à étendre le linge sur la longue galerie typique des maisons béarnaises d'antan, pour commencer ses investigations et tenter de retrouver la trace de ce Pierre Casabonne. Elle consulta les pages blanches. Il y avait plusieurs homonymes dans les Pyrénées Atlantiques. Elle écarta d'entrée ceux qui se trouvaient à Pau ou sur la côte basque. Il restait un Pierre Casabonne qui vivait à Oloron-Sainte-Marie et deux autres qui se trouvaient dans le village d'Arette. Elle décida de commencer par les habitants de ce petit village de la vallée de Barétous. Elle nota les numéros de téléphone ainsi que les adresses précises. Elle ne savait pas trop comment aborder les choses. Elle avait toute la soirée pour y réfléchir.

Le lendemain matin, elle prit son courage à deux mains et composa le premier numéro sur sa liste. Une voix féminine lui répondit que son mari était absent, mais qu'avec un peu de chance, elle pourrait le trouver à la mairie et lui communiqua le numéro. Le Pierre Casabonne qu'elle eut au bout du fil était âgé d'une soixantaine d'années et ne connaissait pas Suzette. Mais au cours de la conversation, il comprit que Manon était probablement à la recherche de son oncle, âgé de 95 ans et qui portait le même nom que lui. Il lui indiqua que le vieil homme était assez sourd et qu'il ne répondrait probablement pas au téléphone mais il prit soin de noter les coordonnées de Manon pour la tenir au courant. Elle poursuivit ses appels mais n'obtint pas d'autre réponse.

Le lendemain, elle venait de s'attabler et s'apprêtait à commencer le solide petit déjeuner que sa grand-mère s'était fait une joie de lui préparer quand elle sentit son téléphone vibrer dans sa poche. Elle regarda discrètement son écran pour éviter les remontrances de Mamilou. Elle ne connaissait pas le numéro de la personne qui cherchait à la joindre, mais cette dernière utilisait un téléphone fixe qui était localisé à Arette. Manon se précipita hors de la cuisine pour répondre.

— Bonjour, je suis Pierre Casabonne, se présenta-t-il. C'est vous, qui voulez me parler de Suzette ?

Manon fut ravie d'entendre la voix chevrotante du vieil homme mais elle ne savait pas trop par quoi commencer.

— Euh..., oui ! Je suis l'arrière-petite-nièce de Suzette. C'est moi que vous avez vue à la maison de retraite, précisa l'adolescente. Je… je ne voudrais pas me montrer indiscrète, se hasarda Manon. Mais, j'aurais voulu savoir …

— Ce qui s'est passé entre nous il y a si longtemps ?

— Oui.

— C'est très simple…, poursuivit-il. Je voulais l'épouser… Mais elle en a choisi un autre.

Manon ne comprenait pas. Sa grand-mère lui avait dit que Suzette était restée célibataire. Et si Suzette avait voulu en épouser un autre, pourquoi aurait-elle tant pleuré lorsque Pierre l'avait quittée ? Il y avait quelque chose qui ne collait pas dans cette histoire.

Pierre eut l'air surpris lorsque Manon lui fit part de ces informations et de ses doutes.

— Je lui avais donné rendez-vous à Arette pour le bal du 14 juillet. Ce soir-là, précisa-t-il, j'avais décidé de lui demander de m'épouser. Mais Suzette n'est pas venue au rendez-vous. Peu de temps après, j'ai appris qu'elle avait choisi de passer à la mairie avec quelqu'un d'autre.

Manon n'eut pas tout de suite la présence d'esprit de lui demander s'il connaissait le nom du prétendu fiancé de Suzette. Mais Pierre compléta sans qu'elle eut besoin de lui poser la question.

— D'après mes informations de l'époque, elle devrait s'appeler aujourd'hui, Madame Artigalas, compléta-t-il d'une voix sombre.

Avec cette nouvelle information, Manon se trouvait totalement dans le flou. Elle connaissait bien le nom d'Artigalas. C'était le nom de ses arrière-grands parents. Elle ne les avait pas beaucoup connus, tous deux étaient décédés à quelques jours d'intervalle alors qu'elle était encore toute petite. Mais elle savait que ceux qu'elle avait tendrement appelés Pépé et Mémé dans sa petite enfance s'appelaient Baptiste et Marie

Artigalas. C’était à n’y rien comprendre. Elle osa tout de même poursuivre :

— Artigalas…, vous voulez parler de Baptiste… Artigalas ?

— Oui.

CHAPITRE 11

Arette,
Août 1966.

Le reflet qu'elle apercevait dans le miroir lui permettait de mesurer que le temps avait commencé à laisser des traces de son passage. Du bout des doigts, elle tapotait légèrement les petits sillons autour de ses yeux dont elle aimait à dire qu'elle avait l'impression de les avoir toujours attendus. Ils venaient de fêter leurs vingt ans de mariage. Elle n'en revenait pas de voir comme le temps avait filé. Elle connaissait ce sourire depuis un peu plus de vingt ans et, depuis ce fameux soir de juillet, il n'avait jamais cessé de l'émouvoir. Elle s'attendrissait devant son crâne dégarni, cette silhouette qui s'était épaissie avec les années. Elle aimait se poster à sa fenêtre pour l'observer enfourcher sa bicyclette et le suivre du regard jusqu'à ce qu'il disparaisse tout à fait. De même, quand approchait l'heure de son retour, elle l'attendait, au même endroit, toujours heureuse de voir cet éternel sourire qui l'accompagnait lorsqu'il rentrait chez eux.

Lorsqu'elle discutait avec des amies de son âge, elle les entendait fréquemment se plaindre de leurs époux et de l'usure du quotidien. Nombre d'entre elles n'hésitaient pas à déclarer ouvertement qu'elles avaient été trop promptes à se marier et qu'elles ne commettraient pas deux fois la même erreur si l'occasion leur était donnée de remonter le temps. Lalie n'était pas de cet avis. Parmi ces quadragénaires, elle avait l'impression qu'elle était la seule à être restée un peu fleur bleue. Elle répondait alors qu'elle ne changerait rien, qu'elle n'avait jamais eu à regretter son choix. Pierre et elle partageaient un bonheur dont elle disait sans hésitation qu'il était sans nuage.

Lalie était parfaitement honnête avec elle-même lorsqu'elle exprimait ses sentiments vis-à-vis de son époux. Elle n'aurait pas souhaité une autre vie ailleurs, ni avec un autre compagnon, mais il arrivait qu'une petite pointe d'amertume vienne tout de même l'éperonner de temps en temps. C'était un sujet sur lequel elle ne s'était jamais livrée à personne et qui l'avait pourtant amenée à s'interroger régulièrement. Elle n'aurait su dire précisément à partir de quel moment leurs relations intimes avaient commencé à s'échelonner, mais elle savait que cela faisait plusieurs longues semaines que Pierre et elle n'avaient pas fait l'amour. Au début de leur union, leurs rapprochements avaient été fréquents et intenses. Puis au fil des ans, ils s'étaient espacés. Il lui semblait que l'intensité, le plaisir, la douceur étaient restés intacts. Seulement, Pierre avait progressivement montré moins d'allant. Et elle n'avait pas compris ce qui se passait.

Il se montrait pourtant totalement investi dans leur relation, comme il l'était dans tous les aspects de sa vie, dans sa famille, au travail ou encore dans le domaine associatif. Ensemble, ils avaient eu trois enfants. Elle disait de lui qu'il était un bon père et un mari agréable. Elle était heureuse à ses côtés. Mais le manque d'empressement qu'il montrait parfois à son égard la blessait dans son amour-propre. Alors que d'autres au même âge avaient vu leur corps déformé par les grossesses successives, elle avait gardé la ligne de ses vingt ans et était restée coquette. Sans être d'une beauté à couper le souffle, elle considérait avoir un physique ordinaire, quoique quelques uns lui aient dit qu'ils la trouvaient plutôt jolie. C'était après la naissance de leur petit dernier qu'elle avait remarqué une évolution dans leurs relations intimes. Une distance à peine perceptible qui s'était installée entre eux.

D'un naturel plutôt réservé, elle n'avait su comment aborder le sujet avec lui. Et puis tout le reste se passait si bien. Il lui donnait par ailleurs tellement de preuves de son amour qu'elle finissait par se demander si cette distance existait vraiment. Elle se disait qu'après tout, c'était peut-être elle qui interprétait la situation selon son propre filtre. Et que cette évolution, sans doute naturelle, devait être le lot de bien des couples.

C'était d'une substance ténue, presque imperceptible, cela s'inscrivait dans des situations anodines de la vie quotidienne. Mais c'était un fait. Il venait de moins en moins vers elle. Et des détails dans sa gestuelle lui indiquaient d'une manière non verbale qu'il n'attendait pas davantage d'initiatives de sa part. Elle avait appris à lire ce manque de désir sans parvenir à l'interpréter pour autant. Lorsqu'elle sentait à nouveau poindre cette légère amertume, elle se rassurait en se répétant qu'elle se trompait, qu'elle n'avait tout simplement pas la bonne grille de lecture. Jusqu'à ce que finalement, diluée dans leur océan de douceur, cette ombre se dissipe, s'endorme et finisse par se faire oublier. La vie reprenait alors son cours avec son lot de joies et de préoccupations ordinaires dans la vie d'un couple.

Et puis il y avait eu cette promesse qu'elle s'était faite à elle-même, au bout de dix ans de mariage, après avoir écrasé à de trop nombreuses reprises des larmes d'incompréhension sur son oreiller. Une solution bien à elle qu'elle avait trouvée pour tenter d'éviter de se tourmenter plus qu'il ne fallait à ce sujet. Elle se rappelait parfaitement de cette nuit, environ dix ans plus tôt, au cours de laquelle elle avait décidé de ne plus prendre le risque de se voir tendrement repoussée. Elle avait lu quelque part qu'afin de susciter à nouveau le désir chez l'autre, il fallait parfois savoir laisser s'installer quelque distance. Une forme d'absence, propice à créer un manque. Cette nuit-là, elle avait donc secrètement décidé de ne plus le solliciter et de lui laisser désormais la responsabilité des initiatives. Ni plus, ni moins. Elle ne savait pas si cela fonctionnerait. Il lui semblait que dans cette situation, le simple fait de l'attendre revêtait la forme d'une action. Elle voyait cela comme une sorte d'invitation qu'elle envoyait à son mari. Elle ignorait si le message serait suffisamment explicite et si cette nouvelle attitude de sa part aurait des effets. En tout état de cause, cela lui épargnerait les larmes qu'elle parvenait de plus en plus difficilement à étouffer dans l'oreiller lorsque, d'un léger mouvement circulaire de l'épaule, il écartait gentiment la main qui venait le caresser ou qu'il tentait de calmer ses ardeurs par un malencontreux « Chut ! Dodo… ».

À quelques exceptions près, elle considérait qu'elle avait respecté sa promesse. Au cours des dix dernières années, elle n'avait pas eu à essuyer de refus. Il n'y avait plus eu de larmes sur l'oreiller. Elle avait seulement dû accepter d'attendre les étreintes. Des étreintes qui s'étaient progressivement, désespérément, espacées.

Elle s'interrogeait parfois sur la perception qu'il pouvait avoir de cette situation. Elle s'était demandée si une aventure extra-conjugale pouvait expliquer ce manque d'ardeur. Elle n'aurait pas été la première dans ce cas-là, ni la dernière. Au fond d'elle, elle n'y croyait pas trop. Mis à part, cette mise à distance physique, elle n'avait pas perçu d'autre évolution dans leur relation. Il restait un mari charmant, prévenant. Elle n'était même pas sûre qu'il soit conscient de cette évolution de sa propre libido. Et lorsqu'elle se questionnait à nouveau sur ce sujet, elle remontait une nouvelle fois sur le grand manège du doute. Se répétant à l'envi qu'après tout, elle se faisait peut-être des idées, que c'était peut-être normal.

À ce stade de leur relation, elle l'accueillait quand il le désirait. Leurs étreintes étaient d'une intensité et d'une douceur qui la satisfaisaient pleinement. Il avait l'air d'y trouver son compte lui aussi. Elle trouvait simplement surprenant qu'il ne vienne pas à sa rencontre plus souvent. En vingt ans de mariage, il semblait qu'ils aient trouvé là un équilibre qu'elle acceptait à défaut de l'avoir pleinement choisi. Ils avaient à peine plus de quarante ans. Elle avait l'impression qu'ils étaient encore tellement jeunes.

Si cette idée lui avait permis d'éviter de se voir repoussée par celui qu'elle aimait, elle n'avait pas été suffisante pour la protéger totalement et lui éviter d'autres situations qui lui renvoyaient en pleine figure le manque de désir flagrant qu'il éprouvait à son égard. Là encore, elle se demandait s'il se rendait compte du message qu'il lui envoyait lorsque, assis sur le canapé et sans quitter du regard la télévision, il la gratifiait d'un gentil « Bonne nuit ma belle ! Fais de beaux rêves » parfois même avant qu'elle ait gravi la première marche d'escalier qui menait à la chambre où ils avaient conçu leurs trois enfants. Ou lorsque depuis l'embrasure de la porte de leur chambre, il lançait en précaution oratoire son « Et maintenant, dodo ! » juste avant de la rejoindre dans le lit conjugal et de lui tourner le dos.

D'autres détails, presque insignifiants, avaient pour effet de l'interpeller ponctuellement et de la ramener à ces interrogations. Comme ce jour, où elle lui avait demandé ce qu'il pensait de son nouveau parfum. Elle avait avancé vers lui son cou tendu, lui avait offert l'espace de sa peau. Elle s'était approchée encore un peu, de manière à ce que son nez et sa bouche effleurent son cou. Il lui avait seulement dit qu'elle sentait très bon.

Ou bien lorsqu'elle lui demandait parfois de l'aider à agrafer ou à dégrafer sa robe et où il se contentait d'exécuter sagement le geste demandé la laissant dans l'attente d'un baiser ou d'une caresse qui ne viendraient pas. Et elle préférait éviter de se souvenir des soirs d'été où elle l'avait attendu sur leur lit, totalement dénudée.

Devait-elle mettre cela sur le compte d'une forme de dépression ? Était-ce le résultat de tensions trop importantes au travail ? Ou bien encore fallait-il craindre qu'il rencontre des problèmes de santé ?

Ce manque d'empressement lui semblait difficile à comprendre. Dans sa logique de femme amoureuse, il lui semblait évident qu'en cas de difficulté, les bras de l'autre constituaient le refuge vers lequel se diriger de manière naturelle, évidente. Mais peut-être que ça, c'était sa perception à elle. Peut-être qu'il était différent. Peut-être que son repos du guerrier à lui était d'une autre nature, plus spirituelle. Peut-être.

Elle avait évalué la situation sous divers angles. Son esprit cartésien avait fini par en tirer une conclusion imparable. S'il ne la désirait pas, c'était pour la seule et unique raison qu'elle n'était pas désirable. Tout simplement. Cette constatation résonnait en elle comme une négation de sa féminité. Elle aurait souhaité lui en parler mais ignorait comment aborder le sujet avec lui sans qu'il se sente blessé dans sa virilité en retour.

C'est à l'extérieur qu'elle avait trouvé une issue à cette situation délicate. Elle avait commencé par effectuer de simples promenades. Puis, peu à peu, elle s'était mise à marcher de plus en plus loin et de plus en plus longtemps. Jusqu'aux limites de l'épuisement.

CHAPITRE 12

La Corogne (Espagne),
14 août 1967.

D'abord de petites balades autour de chez elle. Puis des escapades quotidiennes de douze, quinze, dix-huit kilomètres qu'elle imprimait d'un bon pas et dont elle revenait toujours ravie.

Rapidement, les promenades aux alentours du village ne lui avaient plus suffi. Elle avait éprouvé le désir d'explorer davantage les territoires alentour et s'était engagée peu à peu sur les chemins jacquaires environnants. Elle avait débuté par des itinéraires situés non loin de chez elle, choisissant des étapes ou des fractions d'étapes suffisamment courtes pour qu'elle puisse avaler les kilomètres en une seule journée. Puis, elle s'était essayée aux sorties de plus de trente kilomètres et avait fait l'expérience des étapes dans les relais, des ampoules, des courbatures, des brûlures sur les épaules et le dos provoquées par les frottements d'un sac à dos peu adapté et trop chargé en équipement inutile. Mais elle avait aimé. L'ambiance particulière de ces sentiers où tout le monde se saluait, où de parfaits inconnus se parlaient, échangeaient des conseils comme s'il s'agissait de vieilles connaissances. Cette sensation grisante de liberté mêlée à un sentiment profond d'appartenance à un groupe d'inconnus aux profils hétéroclites. De morceau d'étape en morceau d'étape, elle n'avait pas compté les kilomètres qui avaient usé ses souliers. Elle avait vu les précieux tampons à la coquille représentative se cumuler peu à peu sur sa crédencial, et, sans qu'elle s'en soit vraiment aperçue, elle avait intégré la communauté internationale des pèlerins de St Jacques de Compostelle.

Ce sentiment d'appartenance à la communauté des marcheurs la rassurait. Elle consacrait chaque jour de congé, chaque semaine de vacances à la randonnée. C'était peu à peu devenu une nécessité. Ce n'était pas uniquement la découverte de terres inconnues et de paysages somptueux qui la faisait avancer. Ces escapades l'amenaient à la rencontre de la nature, des paysages, des autres et surtout, d'elle-même. Elle en revenait, le corps fourbu mais la tête légère. Libérée de ses fardeaux invisibles. Ces longues heures solitaires, propices à l'introspection, lui permettaient avant tout d'avancer dans sa tête. Elle en ressortait apaisée, ressourcée. Plus ouverte aux autres, également. Plus disponible, tant d'un point de vue personnel que professionnel.

Il lui était arrivé de croiser des femmes seules sur le chemin. Mais elle ne se sentait pas aussi courageuse, et ce n'était pas quelque chose qui l'attirait non plus. Elle avait donc pris pour habitude de partir avec une amie, un neveu, une nièce. Cette année-là, elle avait marché avec Paulette. Sa nièce et elle s'étaient fixé comme objectif d'arriver à Saint-Jacques de Compostelle aux alentours du 15 août.

Elles avaient eu leur lot de paysages magnifiques et de rencontres insolites. Elles avaient avalé de longues journées de marche et étaient arrivées à la Corogne le 13 août au soir, enchantées par les nombreuses merveilles qu'elles avaient vues sur le chemin. Après une nuit de sommeil lourd et récupérateur, elles avaient pris le petit déjeuner à la terrasse d'une auberge. Malgré l'heure matinale, il commençait déjà à faire chaud. La journée promettait d'être belle mais fatigante.

Lalie avait pris l'habitude de téléphoner à Pierre une fois par semaine. Elle prenait ainsi des nouvelles de la famille et des proches, se tenait informée de l'actualité de la vallée et lui indiquait leur progression sur le chemin. Pierre et elle n'avaient pas encore fait installer le téléphone chez eux. Ils s'étaient organisés afin qu'elle puisse le contacter chaque lundi matin à la mairie du village avant qu'il ne parte au travail. Avant de se mettre en route ce jour-là, après un solide petit déjeuner, Lalie s'adressa donc au cafetier et demanda à passer un coup de téléphone international. Elle était impatiente de pouvoir parler à son mari. Elle voulait lui raconter la semaine écoulée. Lui dire qu'elles touchaient presque au but, qu'il ne restait plus que quelques jours avant qu'elles ne prennent le train et qu'elle puisse le retrouver.

La communication ne put aboutir, la ligne était occupée. Elle alla rejoindre sa nièce, assise en terrasse. À la radio, s'époumonait le jeune Joselito dans une chanson qui ne leur parvenait que par bribes mais que plusieurs clients de la terrasse entonnaient à leur tour. Elles n'entendirent pas le bulletin d'information qui suivit. Il comportait pourtant des éléments qui les concernaient au plus haut point. Elles virent un client se lever précipitamment et faire signe au tenancier d'augmenter le volume de la radio. Le débit du journaliste était rapide, elles ne comprenaient pas ce qui se passait. Elles apprirent par la bouche d'un vieil homme assis non loin d'elles, qu'un tremblement de terre d'une ampleur inégalée avait secoué les

Pyrénées la veille au soir, laissant un petit village français totalement dévasté.

Lalie retourna aussitôt au comptoir pour tenter de répéter l'opération. Elle n'obtint pas davantage de réponse. Peut-être les liaisons étaient-elles perturbées par le tremblement de terre. Elle demanda de composer le numéro du bureau de poste, sans plus de résultat. Il lui restait un dernier numéro, celui de Jacques, l'ami de Pierre, dont la résidence principale se trouvait à Oloron Sainte-Marie. Au bout du fil, elle trouva Jacques en larmes :

— Lalie, c'est affreux ! Le village d'Arette est complètement détruit. Vous avez tout perdu. Il faut que tu rentres. Vite ! Pierre a besoin de toi.

CHAPITRE 13

Petit village non loin d'Oloron Sainte-Marie,
Vendredi 6 mars 2020, début d'après-midi.

Manon était totalement perdue. Cette histoire n'avait aucun sens mais elle devenait aussi terriblement intéressante ! Qu'avait-il bien pu se passer ce 14 juillet 1945 ? Ni elle, ni Pierre n'étaient en mesure de répondre à cette question. Manon se donna pour mission de rassembler les pièces de ce puzzle. Elle était consciente de la difficulté que cela représentait et n'ignorait pas que le temps ne jouait pas en sa faveur. Mais elle savait également qu'il restait quelques anciens au village qui pourraient peut-être l'aider. Elle s'arma de courage et remit ses mollets à contribution pour retourner au hameau.

Lucas fut ravi de la revoir. À part quelques randonneurs, rares étaient les personnes qui venaient se perdre par là-haut, et il ne lui arrivait pas souvent de croiser des gens de son âge. De plus, cette visite allait lui permettre de faire une pause dans la corvée de désherbage que son arrière-grand père lui avait imposée.

— Dis-donc, je l'avais pas bien regardée la dernière fois que je suis venue, mais qu'est-ce qu'elle est MOCHE, cette croix ! Elle te fait pas peur à toi ?

En entendant la franchise de l'adolescente, le vieil Isidore ne put retenir un grand éclat de rire rocailleux.

— Ah, ça, *maynade*[1], tu crois pas si bien dire ! Ce qui est sûr, c'est qu'elle a pas fait l'unanimité au village quand l'abbé a décidé de la construire ! C'était un brave homme, l'abbé, mais c'était un original. Alors la croix, elle lui ressemble un peu. Au début, il faut bien reconnaître que ça a semblé un peu bizarre à tout le monde. Et puis, maintenant, on s'y est habitués. Je crois bien qu'avec le temps, les gens se sont surpris à l'aimer. Cette croix est liée à l'histoire du village, elle fait partie de son identité. Il y a même eu une époque où elle était éclairée la nuit. Elle clignotait, comme un sapin de Noël !

Le vieil homme avait raconté tout cela en riant de bon cœur, d'un bon gros rire contagieux qui lui faisait monter les larmes aux yeux.

— Tu sais, petite, il existe des œuvres pas forcément très belles mais qui sont devenues célèbres et que les gens se pressent d'aller visiter pour leur caractère atypique… Bon, pour être parfaitement honnête, on ne peut pas dire qu'elle attire les foules. C'est pas le Palais idéal du facteur Cheval, ni la Sagrada Familia. Mais, tu vois, c'est notre monument à nous, construit par notre original local. Artiste peintre, architecte… il touchait un peu à tout. L'abbé, c'était un peu notre Dali Béarnais, en quelque sorte. Ça fait longtemps maintenant que l'entrée est condamnée, mais tu regarderas en repartant. Il y a une porte au pied de la croix qui donne accès à un escalier intérieur. La structure est creuse, et à une époque, on pouvait monter dans les branches de la croix pour admirer le panorama

1 Petite

depuis tout en haut. On s'y retrouvait souvent avec les copains pour griller quelques cigarettes ou pour épater les filles. Elle a été le témoin de bien des rendez-vous galants. C'est là-haut que j'ai demandé sa main à ma Léontine, il y a bien longtemps. Et pendant des années, nous y avons fêté tous nos anniversaires de mariage. Nous y montions tous les deux avec une bonne bouteille et on restait là, main dans la main à contempler nos chères montagnes dont on apercevait la silhouette même dans l'obscurité, bien après le coucher du soleil. Mais au fil des ans, la construction est devenue trop instable. Comme ça devenait trop dangereux de s'aventurer là-haut, l'accès a été condamné pour éviter les accidents.

Isidore semblait aussi amusé qu'ému en se remémorant les fantaisies de cet abbé fantasque, décédé depuis presque vingt ans mais qui avait su garder une place dans le cœur des villageois.

— Mais, *Beroye*[1], je suppose que tu n'es pas venue pour m'écouter parler de la croix. Qu'est-ce qui t'amène ?

Il quitta le mur contre lequel il était resté appuyé tout au long de la conversation et ils entrèrent rejoindre Léontine au coin du feu. Lorsque Manon leur communiqua les informations que lui avait données Pierre, le sang du vieux béarnais ne fit qu'un tour :

— *Aquet gran hilh de pute* ![2] s'insurgea-t-il. C'est ce qu'il t'a dit ?!!!

Isidore avait toujours connu Baptiste et Marie, il les avait côtoyés sur les bancs de l'école municipale et au catéchisme. Baptiste et lui avaient même été enfants de chœur ensemble. D'aussi loin qu'il se souvienne, Baptiste avait toujours été amoureux de Marie. Ils s'étaient mariés avant la fin de la guerre

1 Mignonne
2 Ce grand fils de pute !

et avaient eu leur premier enfant en suivant. Selon le vieil Isidore, cette histoire de mariage entre Baptiste et Suzette ne tenait pas un instant debout.

— *Diu vivan !… Hilh de pute !*[1]

En même temps qu'il ajustait nerveusement son béret qui semblait vouloir tourner tout seul sur sa tête, le vieil homme répétait en boucle dans le jargon local, un florilège d'injures dont la portée poétique ne trouvait pas d'équivalent dans la langue de Molière. Et la vieille Léontine, qui cette fois avait eu l'air de suivre parfaitement la discussion, ne cessait de ponctuer chacune des interventions de son mari pour confirmer qu'elle partageait le même point de vue.

— *Que qui-o* ![2]

Afin d'essayer d'y voir un peu plus clair, Manon fit la synthèse des informations qu'elle avait à sa disposition. Marilou, sa grand-mère, était âgée de soixante-quinze ans. Elle était donc née en 1945. La carte postale qu'elle avait trouvée chez Suzette datait de la même année. Cela correspondait aux informations données par Isidore. Mais ces informations amenaient d'autres interrogations.

Pour quelle raison Pierre aurait-il inventé une histoire pareille ? Que s'était-il donc passé ce 14 juillet 1945 pour que Suzette ne se rende pas au rendez-vous ? Et qu'est-ce qui avait amené Pierre à penser qu'elle allait se marier avec Baptiste ?

Loin d'être élucidé, le mystère autour de ce 14 juillet s'était davantage épaissi et Manon ne savait plus que penser. Elle se dit qu'il était temps de recontacter Pierre.

1 Bon dieu !…. Putain !
2 C'est ça !

L'adolescente se rappela soudain qu'elle devait se dépêcher. Sa mère rentrait de voyage de noces le soir même et devait venir la chercher chez ses grands-parents en rentrant de l'aéroport en compagnie de son nouvel époux. Elle prit congé de Lucas et de ses arrière-grands-parents et repartit sur son vélo.

CHAPITRE 14

La Corogne (Espagne),
14 août 1967.

La communication avait été brève mais Jacques avait eu le temps de rassurer Lalie. Il n'y avait eu que des dégâts matériels. Tous les villageois étaient sortis à temps, avant la deuxième secousse qui avait tout dévasté. Par bonheur, les jeunes du village étaient partis s'amuser au bal de Montory à quelques kilomètres de là. Ses enfants avaient donc été épargnés. Cela relevait du miracle.

Une course contre la montre s'en suivit alors pour Lalie et sa nièce. Elles demandèrent à l'aubergiste d'appeler un taxi. Elles rejoignirent ainsi la gare de La Corogne et montèrent dans le premier autocar en direction des Pyrénées. Le voyage leur sembla interminable. Elles qui s'étaient montrées tellement sensibles à la beauté du chemin à l'aller, étaient incapables désormais d'apprécier les paysages joliment découpés des côtes galiciennes qui défilaient sous leurs yeux. Épuisées, elles n'arrivèrent à Oloron Sainte-Marie que le 15 août au soir après de longues heures d'un voyage éreintant.

Le chauffeur qui assurait la liaison jusqu'à la cité mariale, les avait informées qu'elles ne pourraient pas accéder au village d'Arette sans laissez-passer. Elles durent donc se rendre à la sous-préfecture des Basses-Pyrénées afin d'obtenir le précieux sésame auquel seuls pouvaient prétendre les habitants d'Arette ainsi que les parents proches, les propriétaires d'une maison secondaire dans le village ou enfin, les personnes qui avaient pour mission de venir travailler dans le cadre du plan *ORSEC*. Dans la file d'attente, elles en apprirent davantage sur les raisons de la mise en place de tels barrages. Elles découvrirent qu'à peine quelques heures après le drame, l'accès au site avait dû être limité, non seulement par mesure de sécurité en raison de la très grande instabilité des bâtiments, fortement ébranlés par la deuxième secousse, mais aussi pour limiter les incivilités. En effet, tels des oiseaux de proie prêts à s'abattre sur les restes pour se repaître du malheur des autres, nombres de curieux s'étaient amassés sur les lieux dès le lendemain du séisme. Certains malotrus ayant poussé l'indélicatesse au point de pénétrer dans une boutique fortement endommagée dans le but de récupérer des cartes postales à l'effigie du village. À défaut d'être expédiés du bureau de poste sinistré, ces simples bouts de cartons, destinés d'ordinaire à témoigner modestement son affection aux parents et amis, pourraient être brandis comme de viles captures de guerre. Trophées pathétiques, gagnés à peu de frais et exhibés sans vergogne pour exprimer le plaisir malsain de s'être trouvé non loin du drame au moment opportun.

Elles étaient attristées et atterrées par ces dires. Elles avaient peine à croire que leur petit village, d'ordinaire si paisible, puisse être le siège de tant de malheur. Il ne leur fallut pas longtemps pour le vérifier. Dès le village d'Issor, voisin d'Arette, un théâtre de désolation les attendait.

Arrivées à destination, elles découvrirent des rues pleines de gravats, des maisons totalement détruites, éventrées. Certaines étaient restées debout et donnaient l'apparence d'avoir résisté, mais pour la plupart elles accusaient de profondes fissures qui les rendaient inhabitables au même titre que celles qui s'étaient déjà effondrées. Lalie eut du mal à reconnaître le clocher de l'église dans laquelle Pierre et elle avaient échangé leurs vœux, vingt-et-un ans auparavant. Celui-ci s'étant affaissé, l'église était totalement en ruine. Comme pour rappeler à tout un chacun à quel moment précis la vie du village avait basculé, comme pour marquer l'instant exact qui avait précipité le quotidien de gens ordinaires dans un univers cataclysmique, les aiguilles de l'horloge s'étaient arrêtées à l'heure précise de la deuxième secousse, figeant pour de nombreuses années le temps sur 23h10. Lorsqu'elle arriva devant chez elle, Lalie trouva des hommes en bras de chemise qui évacuaient des gravats. Des voisins effarés tentaient de récupérer ce qui pouvait encore l'être. Elle apprit alors qu'une des villageoises n'avait pas eu la même chance que ses voisins. La malheureuse octogénaire était couchée au moment du séisme. Souffrant d'une profonde surdité, elle n'avait été alertée ni par le bruit de la première secousse, ni par les hurlements des villageois terrifiés et était restée dans son lit.

Lalie aperçut un jeune homme brun qui devait avoir l'âge de son fils aîné et qui se tenait devant la maison de la victime, un micro à la main. Il était là pour couvrir l'événement et tint à recueillir également son témoignage pour la radio. Elle lui expliqua qu'elle arrivait à l'instant, lui confia son désarroi face à ce désastre et son inquiétude pour sa famille. Avant toute chose, elle voulait retrouver son mari. Ils traversèrent ensemble le village à travers les décombres. Tout n'était que désolation. Par temps de guerre, un bombardement n'aurait pas fait davantage de dégâts. Ils trouvèrent Pierre devant ce qui restait de la mairie en compagnie du maire et des autres conseillers municipaux.

Après s'être assurée que tout le monde se portait aussi bien que les circonstances le permettaient, elle voulut savoir comment apporter son aide. Dans ce décor apocalyptique, elle était consciente que l'heure n'était pas aux atermoiements et que toutes les bonnes volontés constitueraient un renfort non négligeable pour les équipes intervenant sur place. Elle fut orientée vers l'école des filles. Sa chère école, dans laquelle elle aurait dû effectuer sa vingtième rentrée. Le préau avait été solidement étayé pour être transformé en cantine pour les villageois qui avaient brutalement plongé dans une précarité aussi complète qu'inattendue. Sur les mille deux-cents habitants du village, huit-cents se retrouvaient dans le plus total dénuement, n'ayant d'autre solution que de coucher dans des tentes installées dans les prairies avoisinantes sur des matelas posés à même le sol. Plusieurs jours durant, elle apporta ainsi son aide aux sinistrés du mieux qu'elle put et participa, midi et soir, à la distribution des repas préparés dans une roulante de l'armée. Elle participait au tri du courrier, particulièrement volumineux, à la distribution des colis et des télégrammes et assurait des permanences à la mairie pour enregistrer les doléances des villageois. Avec d'autres bénévoles, elle apportait également son aide au maire pour gérer les quantités de dons qui affluaient pour venir en aide aux sinistrés.

Le jeune journaliste vint la trouver à nouveau au cours d'une de ses permanences à la mairie. Il souhaitait l'interroger sur l'engagement et la solidarité des villageois pour venir en aide aux plus démunis. Elle lui fit visiter les installations de fortune. Ils passèrent ainsi quelques heures ensemble dans les décombres du village, évoluant dans un paysage apocalyptique. Ils allèrent retrouver Pierre qui s'organisait avec d'autres membres du conseil municipal pour assurer la sécurité des biens et des personnes. Il expliqua au journaliste qu'en plus de déblayer les décombres, il fallait continuer à sécuriser les lieux fragilisés par le séisme mais également protéger le peu de biens qui pouvaient l'être, le village ayant été victime de pillages indélicats récurrents.

Au cours de cette visite, le jeune homme leur apprit qu'il était stagiaire à l'*ORTF* et qu'il était en vacances dans la vallée de Barétous lorsque le séisme s'était produit. Il avait alors aussitôt contacté la radio et s'était spontanément proposé pour couvrir l'événement. Quatre jours durant, il occupa ainsi les ondes en direct pour *RTL*.

Avant de repartir pour Paris, il ne manqua pas de venir les saluer. Quelques semaines plus tard, en triant le courrier pour les sinistrés, Lalie aperçut une carte postale représentant la Tour Eiffel. Elle eut l'agréable surprise de constater que celle-ci lui était destinée. Le jeune homme, qui allait devenir un ami du couple, s'était souvenu qu'elle lui avait avoué n'avoir jamais vu la capitale.

Merci encore pour votre aide précieuse.
Bon courage à tous.
Avec toute mon amitié,
Yves Mourousi

Lalie et Pierre avaient la chance d'être hébergés chez des cousins, au hameau. À l'orée du bois du Calvaire, cette partie du village avait été miraculeusement épargnée. Contrairement aux autres sinistrés qui s'entassaient dans les tentes, ils pouvaient savourer chaque soir le plaisir d'un repas pris autour de la table familiale et le confort d'un bon lit. Eux, qui passaient leurs journées auprès de leurs malheureux concitoyens, étaient conscients du privilège que cela représentait et savaient l'apprécier à sa juste valeur. Ils profitaient chaque soir de ce havre de paix qui leur était offert et repartaient chaque matin plus motivés que la veille pour leur venir en aide.

Comme tous les Arettois, Lalie et Pierre n'avaient pu se résoudre à accepter la proposition de relogement dans une Habitation à Loyer Modéré sur la commune d'Oloron Sainte-Marie. Fortement attachés à leur mode de vie rural, les habitants du village avaient massivement refusé la perspective de s'implanter en milieu urbain. Par ailleurs, tous souhaitaient que le village soit reconstruit strictement à l'identique et s'opposaient farouchement à toute proposition qui ne respectait pas l'implantation précise du village d'avant le séisme.

La maison de Pierre et Lalie n'avait pas trop souffert en apparence. Quand on s'approchait, on pouvait penser qu'elle avait été préservée, mais la structure avait été fortement éprouvée. Les villageois qui, comme eux avaient gardé leur maison sur pied, devaient attendre le passage des experts. Ceux-ci pouvaient tout aussi bien autoriser une rénovation que donner l'ordre de faire raser les bâtiments pour reconstruire à l'identique. Comme quelques villageois, Lalie et Pierre se trouvèrent dans une situation particulièrement inconfortable ; compte tenu de l'état de la maison, les deux options étaient envisageables et le choix était laissé aux propriétaires. Aussi paradoxal que cela puisse paraître, ils auraient préféré que les experts décident de la destruction, cela leur aurait évité de se trouver face à un tel dilemme.

Ils avaient le sentiment d'être piégés dans une sorte de conflit de loyauté. Pierre avait hérité de cette maison qui avait été bâtie des mains de ses aïeux. Elle avait vu naître sa mère, et le père de sa mère avant elle. Il ne se sentait pas le droit de décider de faire abattre ce symbole familial. Mais il ne souhaitait pas davantage mettre sa famille en danger dans une maison fragilisée par le séisme. Pour les villageois qui, comme eux, devaient se prononcer sur l'avenir de leur habitation, le fait d'avoir gardé une maison sur pied constituait non pas un avantage mais une épreuve supplémentaire.

Après maintes tergiversations, ils décidèrent que leur maison serait détruite et reconstruite aux normes anti-sismiques, strictement au même endroit et en respectant le plus possible le style béarnais cher à leur cœur. Mais ces maisons « de quatre millions », comme on appela par la suite ces maisons reconstruites aux normes anti-sismiques, n'avaient pas la propriété de sortir de terre aussi vite que les champignons. Or, si les nuits du mois d'août avaient été douces, les premières fraîcheurs de septembre ne seraient pas propices aux nuits en plein air, aussi étoilées fussent-elles. Et dans cette zone de montagne, il n'était pas envisageable de passer l'hiver dans des campements non viabilisés. La préfecture trouva alors une solution qui permettait de gérer l'urgence tout en respectant le souhait des habitants de rester dans leur quartier d'origine en attendant la reconstruction et fit installer des structures préfabriquées équipées de l'eau et de l'électricité. Et c'est dans ces habitations de fortune, qu'un œil non averti aurait pu confondre avec des cabanes de chantier, que les villageois sinistrés purent passer l'hiver dans des conditions acceptables. Il fallut attendre encore quelques années pour que, dans ce village meurtri, la vie reprenne son cours ordinaire.

CHAPITRE 15

Arette,
Décembre 2019.

Pierre laissa sa fille s'installer à côté de Lalie qui s'était assoupie auprès du feu, un châle posé sur ses frêles jambes. En même temps qu'il lui servit le café, il déposa sur la table de la cuisine protégée par une épaisse toile cirée imprimée, le courrier qu'il avait reçu le matin même et qu'il avait pris soin de mettre de côté. Désormais, il ne s'occupait plus des aspects administratifs. Tous les jours, Lalie et lui recevaient la visite d'un de leurs enfants. Ces derniers se relayaient pour prendre de leurs nouvelles et leur apporter ce dont ils avaient besoin. En attendant que le café refroidisse, Maïté mit de côté les publicités, ouvrit les factures et termina par une lettre. Il s'agissait d'un courrier d'une maison de retraite d'Oloron qui leur proposait une place pour une personne pour le début de l'année.

Cela faisait maintenant quatre ans qu'ils avaient déposé une demande et qu'ils étaient en attente d'une réponse. À cette époque, ils avaient profité d'une fête de famille organisée en leur honneur pour fêter leurs noces de platine, et, en présence de leurs enfants, petits-enfants et arrière-petits-enfants, ils avaient officiellement annoncé leur grande décision de partir s'installer en maison de retraite. En précaution oratoire, ils avaient déclaré qu'ils avaient bien réfléchi et qu'ils étaient sûrs de leur nouveau choix de vie. Ils avaient précisé qu'ils étaient prêts à attendre un peu, s'il le fallait, mais qu'ils souhaitaient être accueillis dans la même structure. Et, surtout, en même temps. Mais les places étant rares, leur demande d'être accueillis en couple, bien que possible, constituait une contrainte non négligeable. En quatre ans, ils n'avaient reçu aucune proposition pour un accueil simultané. La maison de retraite la plus proche de chez eux affichait une liste d'attente d'environ un an. Tous deux étaient tout à fait conscients qu'il leur faudrait probablement accepter de s'éloigner un peu de leur chère vallée pour avoir une chance d'être accueillis en couple.

Maïté fut agacée par cette information. Elle décida de téléphoner à la maison de retraite pour rappeler que ses parents souhaitaient être accueillis ensemble et qu'ils avaient besoin non pas d'une place, mais de deux. Elle rappela également le caractère urgent de ce placement et précisa que l'état général de sa mère avait commencé à se dégrader. Alors qu'elle était restée longtemps active et dynamique, en l'espace de quelques mois, Lalie avait beaucoup perdu de son autonomie. Incapable d'assurer seule les gestes du quotidien, elle avait besoin d'une aide de tous les instants. Un service d'aide à domicile avait été mis en place et les enfants se relayaient pour lui faciliter les choses et soutenir Pierre, resté en bonne forme et qui n'avait pas hésité à compenser les manques de son épouse. La situation n'était donc plus du tout la même qu'au moment où ils avaient commencé à monter le projet. Il s'agissait désormais de permettre à Lalie d'être accueillie dans une structure adaptée à ses besoins et également de préserver Pierre qui commençait à donner des signes tangibles de fatigue.

La secrétaire que Maïté obtint au bout du fil comprit l'urgence de la situation et lui proposa un rendez-vous avec une assistante sociale afin que celle-ci évalue à nouveau les besoins et qu'elle leur propose une solution adaptée à leur situation délicate. Maïté sortit assez désorientée du rendez-vous qui se tint la semaine suivante et décida de consulter son frère et sa sœur avant de s'adresser à ses parents.

Il se trouvait que la maison de retraite proposait une place pour une personne dans le courant du mois de janvier, en attendant la fin de la rénovation d'une chambre double qui se libérerait trois semaines plus tard. La situation était sur le point de se débloquer. Les enfants ne souhaitaient pas que leurs parents soient séparés mais ils se refusaient à choisir à leur place. La décision finale devait revenir aux deux nonagénaires.

Les fêtes de fin d'année eurent une saveur particulière cette année-là. Chacun savait que désormais, rien ne serait plus pareil. Avec ces préparatifs pour l'admission en maison de retraite, une page de l'histoire familiale se tournait définitivement. C'en était fini des grandes tablées où venaient bruyamment se croiser cinq générations. Désormais, les réunions de famille se tiendraient en comité restreint dans le salon d'une maison de retraite. Tout le monde respectait le choix des anciens et le comprenait mais les larmes dissimulées derrière un coin de serviette brodée autrefois par Lalie furent nombreuses le soir du réveillon.

CHAPITRE 16

Oloron Sainte-Marie,
Mi-janvier 2020.

Conformément à la décision du couple, au cours du mois de janvier, Lalie aménagea à titre provisoire dans une petite chambre de la maison de retraite. Il avait été convenu que Pierre irait la voir tous les jours, en attendant de la retrouver définitivement dans leur nouvelle chambre double, trois semaines plus tard. Lalie ne s'exprimait plus beaucoup depuis quelques temps. Elle avait gardé toute sa lucidité mais semblait avoir fait le choix de s'économiser. Le plus souvent, elle manifestait sa compréhension en se contentant de hocher de la tête et répondait aux sollicitations par un sourire auquel elle rajoutait quelques mots quand elle le jugeait nécessaire. Elle s'était montrée satisfaite de cet arrangement dont elle avait été elle-même à l'initiative quelques années plus tôt.

Ses frêles jambes qui l'avaient amenée si loin par le passé l'avaient souvent trahie au cours des dernières années. Après de multiples chutes qui lui avaient valu autant de fractures, elle ne se déplaçait désormais plus qu'en fauteuil roulant. Elle avait besoin de l'intervention d'une tierce personne pour la toilette et la prise alimentaire. Elle était donc soulagée que tout cela ne pèse plus sur sa famille.

À son arrivée à la maison de retraite, elle fut prise en charge par une équipe dynamique et respectueuse. Elle appréciait que certains membres du personnel lui adressent quelques mots en béarnais. Ce n'était pas sa langue maternelle, mais en épousant Pierre, elle avait adopté grand nombre de traditions locales et avait pris l'habitude de s'exprimer dans cette langue qu'elle pratiquait depuis près de soixante-quinze ans. Tous les après-midi, quelqu'un venait la coiffer et la parfumer avant de la conduire dans le grand salon pour son rendez-vous galant. Ces rendez-vous avaient tendance à émouvoir les membres du personnel de la maison de retraite qui se montraient aux petits soins pour elle. Cet après-midi-là, une jeune aide-soignante l'avait aidée à s'habiller. Ensemble elles avaient pris le temps de choisir une robe, une veste. La jeune employée lui avait noué les cheveux en une longue natte. Elle l'avait parfumée et lui avait même verni les ongles d'un ton rose pale discret.

Lalie avait partagé le goûter avec Pierre. Ses repas se limitaient désormais à des mixés et à des boissons gélifiées afin d'éviter les fausses-routes, mais elle était restée gourmande et appréciait ces moments de convivialité. Comme à son habitude, elle n'avait pas beaucoup parlé. Elle avait brièvement demandé des nouvelles de la vallée, de ses petits-enfants, arrière-petits-enfants ainsi que de son arrière-arrière petite fille qui venait de naître et qu'elle n'avait vue que deux fois. Pierre lui avait raconté les derniers événements. Il lui avait parlé d'un virus dont on commençait à peine alors à entendre parler, qui sévissait en Chine et dont on redoutait l'arrivée en Europe. Lalie s'était inquiétée de savoir si certains de leurs proches étaient concernés. Pierre l'avait rassurée en lui indiquant que la région était peu touchée et qu'il ne connaissait aucun cas dans leur entourage.

Une dizaine de jours après l'admission de Lalie en maison de retraite, Maïté reçut un appel du secrétariat de l'EHPAD qui la déstabilisa au plus haut point. Son interlocutrice l'informait que, non seulement les travaux de rénovation de la chambre double avaient pris du retard, mais que pour des raisons de sécurité sanitaire visant à protéger les résidents de la pandémie mondiale, les visites extérieures ainsi que les nouvelles admissions seraient suspendues à partir de la semaine suivante. Et ce, pour une durée indéterminée. Maïté fut accablée par cette nouvelle. Ceci impliquait plusieurs choses. Ses parents allaient être séparés. Et sa mère allait devoir passer ses journées seule, sans visite. Lalie allait donc se retrouver isolée dans une structure dans laquelle elle n'avait pas encore totalement pris ses repères. Alors qu'ils pensaient avoir tout balisé, jamais une hypothèse pareille n'avait été envisagée. Lorsqu'elle informa son père et ses frères et sœurs, Maïté était en larmes. Tous furent effondrés par cette nouvelle qui ne correspondait pas du tout au projet initial.

CHAPITRE 17

Oloron Sainte-Marie,
Fin janvier 2020.

En se rendant à la maison de retraite ce jour-là, Pierre avait le cœur gros. Il savait qu'il ne pourrait plus rendre visite à son épouse avant de longues semaines. Mais il ne pouvait imaginer à quel point sa tristesse serait profonde lorsqu'il ressortirait de cet établissement. Quand Pierre avait pris congé de Lalie ce jour-là, son fils, qui était venu l'accompagner, avait pris un peu d'avance pour aller récupérer la voiture et l'approcher de la porte d'entrée de la résidence afin de lui éviter d'avoir trop à marcher. Jean n'avait pas assisté à la rencontre entre Pierre et Suzette. Lorsque son père entra péniblement dans la voiture, il porta tout naturellement l'état de tristesse dans lequel il se trouvait sur le compte des adieux qu'il venait de faire à sa mère. Il ignorait qu'en fermant la porte de la maison de retraite, son père avait laissé derrière lui ses deux grands amours pour une durée inconnue.

Cela faisait beaucoup d'émotions en une journée pour un seul homme. Pierre aurait été incapable de dire lequel des deux événements l'avait le plus chamboulé. Il aimait profondément Lalie et n'avait jamais eu à regretter son choix de passer sa vie à ses côtés. Il s'était engagé pleinement dans leur relation et considérait qu'elle l'avait rendu heureux.

Il n'avait jamais revu Suzette depuis le jour où il lui avait envoyé ce courrier qui avait mis un point final à leur histoire, soixante-quinze ans auparavant. Même s'il avait pu vérifier de ses propres yeux les dire de Jacques et de Jeannette, au cours de ces nombreuses années, il lui était arrivé de se demander s'il avait utilisé la bonne manière pour quitter Suzette. Il s'était souvent dit qu'il n'aurait pas dû se contenter d'une simple carte postale. Il lui avait envoyé ce message incisif sur le coup du désarroi. Mais leur relation aurait mérité de se terminer par une véritable explication en face à face, et il regrettait de ne pas avoir eu les informations par Suzette elle-même.

Comme tous ses concitoyens, Pierre n'eut d'autre solution que d'accepter les contraintes imposées par la crise sanitaire. Cependant, il ne pouvait se résoudre à abandonner Lalie à son triste sort. Il voulait absolument faire quelque chose pour rester en contact avec elle. Le lundi suivant, il demanda donc à son fils aîné de l'accompagner devant la maison de retraite, à la même heure que d'habitude, et il se posta sous les balcons de la résidence. Les membres du personnel avaient été prévenus que Pierre se tiendrait à cet endroit. Ils installèrent Lalie face à sa fenêtre pour qu'elle puisse voir son époux et lui faire un signe. Il l'aperçut derrière la baie vitrée qui le saluait timidement. Il fut ému par cette apparition. Jamais au cours de sa vie, il n'aurait pu imaginer que quelqu'un ou quelque chose puisse lui interdire de rendre visite à celle avec qui il avait partagé toutes ces années. Seul, debout sur ce trottoir qui lui glaçait les pieds, il rassembla alors tout son courage et toute son énergie et avec la plus grande solennité, il entonna fièrement l'hymne du Béarn. Ce chant populaire dans toutes les *cantères*[1] béarnaises n'était rien d'autre que le cri désespéré d'un jeune homme déplorant de ne pouvoir voir ses amours par la faute de trop hautes montagnes qui se dressaient entre eux.

Il ne termina pas seul cet hymne que le député Jean Lasalle avait, à la surprise générale, entonné un jour à l'Assemblée Nationale, emplissant l'hémicycle de sa voix de stentor et coupant la chique d'un Nicolas Sarkozy, médusé devant tant d'audace et resté bouche bée devant son micro. De nombreuses fenêtres s'étaient ouvertes, du côté de la maison de retraite, mais également des différentes maisons de part et d'autre de la rue. Il n'aurait pu trouver de chant plus approprié à cette situation et de toutes parts, on entendit les riverains reprendre avec lui, *Aqueras Montanhas*. Le chant céda ensuite la place à des applaudissements fournis qui trouvèrent Pierre en pleurs. Au fur et à mesure qu'il chantait, le vieil homme s'était aperçu qu'il ne savait plus vraiment à qui il s'adressait. La principale destinataire de ce chant était Lalie, incontestablement. Mais, tout du long, il n'avait pu s'empêcher de penser à Suzette. Il ignorait de quel côté se trouvait sa chambre. Si celle-ci donnait sur la rue, peut-être l'avait-elle entendu elle aussi ?

Tel un troubadour, il revint tous les jours à la même heure sous les fenêtres de la maison de retraite. À la fin de la semaine, il eut la surprise d'entendre un groupe d'enfants reprendre en chœur derrière lui le célèbre refrain. Les enseignants de l'école municipale située en face de la maison de retraite avaient été émus par le cri d'amour désespéré du vieil homme et avaient fait apprendre le refrain à leurs élèves afin de l'accompagner.

Les voisins et passants qui assistèrent à cette scène témoignèrent leur émotion et leur soutien par des applaudissements particulièrement fournis. La veille au soir, le président de la

1 Les chorales

République s'était exprimé devant ses concitoyens et les avait informés de sa décision de fermer tous les établissements scolaires à partir du lundi suivant en raison de l'épidémie de coronavirus qui s'emballait d'une manière inquiétante.

Deux jours après, Emmanuel Macron prenait à nouveau la parole pour annoncer sa décision de confiner l'ensemble de la population suite à la menace grandissante du virus. Pierre décida de ne rien changer à ses habitudes. La loi autorisait les citoyens munis d'une attestation sur l'honneur à sortir de leur domicile, une heure par jour, uniquement pour les déplacements essentiels. Il considérait que ses visites à Lalie constituaient, effectivement, rien de moins qu'une priorité. Il respectait le cadre du protocole. En ces circonstances, il n'avait donc absolument aucune raison de cesser ses représentations.

PARTIE III
DANS LES ANNÉES 1370
LE TRIBUT DES TROIS VACHES.

CHAPITRE 1

Col du Pic d'Arlas,
Été 1373.

On disait de lui, qu'il avait su grimper avant de savoir marcher. Dès son plus jeune âge, il échappait régulièrement à la surveillance de sa mère à l'heure de la sieste. Offrant en riant son petit corps potelé aux morsures des pierres saillantes, il saisissait à pleines mains la riche terre brune, faisait rouler entre ses doigts des poignées de graviers, plongeait son visage à même le sol, goûtant avec délectation à la fraîcheur de l'herbe grasse du début de l'été. Elle le retrouvait toujours à quelques mètres de l'épais carré de lin tissé sur lequel elle l'avait posé ; ébouriffé, couvert de terre et de petites écorchures, ravi de son expédition.

Très jeune, il avait montré un goût particulier pour les zones escarpées où même les chèvres n'osaient s'aventurer. De sa chère montagne, il connaissait chaque sentier, chaque recoin, la moindre aspérité. Il pouvait garder, des heures durant, son corps de tout jeune homme plaqué à la paroi, ne faisant qu'un avec elle, comme s'il avait voulu l'embrasser toute entière.

Aucun sommet ne lui était inconnu. Il n'était pas une falaise, pas une crevasse de ce relief karstique qu'il n'ait un jour agrippée de ses doigts écorchés, qu'il n'ait tâtonnée du bout de ses orteils crispés. Sa montagne, il la respectait. Il aimait à jouer avec elle, à se mesurer à elle sans jamais la défier. Il connaissait trop bien les dangers et le prix à payer par les imprudents qui pensaient pouvoir la dompter.

Sous le soleil brûlant de cette fin d'après-midi de juillet, Anginar dévalait la pente aussi vite qu'il le pouvait. Mais ce jour-là, il n'était plus question de jouer à quelque jeu que ce soit. Éperdu, il dévalait les pentes, sautait comme un cabri, se jetant de toutes ses forces d'un roc à l'autre, le plus rapidement possible. On eut dit que son amie d'enfance avait compris le caractère vital de la situation. Faisant équipe avec lui, la montagne lui facilitait la course, disposant ça et là des pierres sur lesquelles prendre appui sans avoir à s'attarder, lui offrant sous les pieds des plages de galets prêts à se dérober afin de le laisser récupérer. Il n'en avait pas tout de suite pris conscience. Dans l'état de terreur extrême dans lequel il se trouvait, il n'avait pensé qu'à fuir, puis il s'était rappelé qu'il pouvait compter sur sa partenaire de toujours et avait mis à profit les aides qu'elle lui présentait. Il la laissait à présent le guider. Il lui confiait ses pieds qu'elle faisait glisser sur les éboulis pour gagner du terrain et économiser son énergie.

Sur les premières centaines de mètres, il avait couru à s'en faire éclater les poumons. Il déglutissait difficilement. Il suffoquait. L'air habituellement si pur, sur ce haut plateau, s'était chargé d'une amertume inconnue. Une odeur qu'il refusait de laisser entrer dans ses poumons. L'odeur du sang. Le sang de son cousin germain.

Il avait vu la lame s'élever dans un éclair bleuté puis s'enfoncer dans le cou de celui avec qui il partageait tous ses secrets depuis sa prime enfance. Avait vu le sang jaillir en une gerbe puissante puis se répandre abondamment sur cette terre aride. Vu, ce flot écarlate dévaler la pente, tel le torrent bouillonnant, impatient de rejoindre le gave.

Effrayé, désespéré, horrifié. Dans cette zone de compascuité d'ordinaire si douce aux bergers pendant la transhumance, il courait à la rencontre des jurats de la vallée de Barétous afin de porter à leur connaissance le meurtre dont il venait d'être témoin.

*

Quelques heures plus tôt, Anginar avait entrepris de rejoindre son cousin Pierre, dans les estives, en haut du pic d'Arlas. En cet après-midi de juillet, l'air était lourd, à la limite du respirable. Fidèle à son habitude, Pierre Sansoler avait mené ses bêtes du côté espagnol afin de les faire boire. Arrivé au pied de l'unique source, il avait été rejoint par Pedro Carrica, berger espagnol qui était monté en ces lieux avec les mêmes intentions que lui. Sur ce plateau calcaire, connu comme l'un des plus grands lapiaz d'Europe, l'eau avait toujours été une denrée rare et pouvait facilement devenir source de conflit.

Une vive discussion s'engagea entre les deux bergers qui revendiquaient tous deux la priorité pour accéder à la source. Aucun des deux n'était disposé à céder. L'un au prétexte qu'il était arrivé le premier, l'autre arguant que la source se trouvait sur son territoire. Aussi têtu l'un que l'autre, le basque et le béarnais ne parvinrent pas à s'entendre et ils finirent par en venir aux mains. Après de longues minutes d'un violent corps à corps, les deux hommes se trouvèrent piégés dans un duel qui ne semblait pas pouvoir les départager. Seule une intervention divine aurait pu les aider à sortir de cette impasse. Mais aucune force céleste n'intervint ce jour-là.

À court d'arguments, épuisé par tant de coups portés et de coups reçus, dans un élan d'une brutalité désespérée qui allait mettre un terme au combat, le berger espagnol s'en remit à son couteau et le laissa réclamer d'une manière implacable la propriété de la source, située de *son* côté de la montagne. Mortellement touché, Pierre Sansoler vit son sang se mêler à l'eau de cette source à laquelle il avait, tant de fois, mené ses bêtes. Une source à laquelle il était, si souvent, venu étancher sa soif.

*

Informée de ce meurtre sanglant, l'assemblée des jurats, chargée de régler les conflits en tous genres qui pouvaient émailler la vallée en cette période médiévale, décréta l'interdiction pour les bergers du versant sud d'utiliser la source, située pourtant sur leur territoire. Ces représailles légales, défavorables aux bergers espagnols auraient pu calmer les rancœurs des bergers du côté français. C'était sans compter sur la colère et le désir de vengeance du petit pâtre, jadis si doux amoureux de la montagne.

En compagnie d'autres bergers désireux d'en découdre, Anginar foula de nouveau les terres espagnoles pour se rendre dans le village du meurtrier de son cousin. Le paisible village d'Isaba était alors désert, seule l'épouse de Pedro Carrica était présente. Toute à la joie de porter la vie, elle se reposait sous un hêtre. Les Béarnais ne laissèrent aucune chance de salut, ni à la pauvre jeune femme, ni à l'enfant à naître. Ayant assouvi leur soif de haine, ils s'en retournèrent vers le versant nord.

Quelques heures plus tard, Pedro n'eut pas besoin d'arriver jusque chez lui pour comprendre que quelque chose de grave était survenu. D'en bas du chemin qui menait au village, il les aperçut qui l'attendaient dans leurs costumes de deuil. Il distingua leur danse macabre au-dessus du hêtre centenaire qui surplombait la colline. Il entendit leurs coassements se rapprocher. Certains piquèrent droit sur lui, ne détournant leur trajectoire qu'au dernier moment, s'amusant à le frôler avant de repartir à tire d'ailes en direction de l'arbre majestueux, comme pour lui indiquer le chemin qui le mènerait vers la révélation de l'atroce vérité.

Il se doutait qu'en arrivant en haut, il ne la trouverait pas paisiblement endormie sous le hêtre. Mais nul être humain n'aurait pu imaginer l'atrocité de la scène qui l'attendait. Une épaisse flaque noire l'accueillit sur le seuil de leur modeste habitation. La terre, pourtant assoiffée au plus fort de l'été, n'avait pu absorber tant de sang et formait à présent un magma gluant et noirâtre. Quelques mètres au-dessus de sa tête, la monstruosité de la scène était insoutenable. Suspendu à une branche du hêtre, le fœtus ensanglanté de leur futur enfant se balançait au vent. Pour le maintenir accroché, dans une ultime barbarie, les entrailles de la mère avaient été nouées en guise de lien funeste.

À l'heure où le soleil apporte la promesse d'un repos bien mérité après une journée de dur labeur, il plongea dans la profondeur des ténèbres, accablé de douleur. Les responsables de cette expédition punitive allaient payer au prix fort le sang de sa douce épouse et de leur enfant. Mais la perspective de sang versé ne suffirait pas à assouvir sa soif de haine, de violence, de vengeance.

Aussi difficile soit-il de l'imaginer, l'atrocité, pourtant portée à son paroxysme sur cette branche de hêtre, allait encore monter d'un cran dans les heures suivantes.

CHAPITRE 2

La Pierre Saint-Martin,
Été 1373.

Le lendemain, bien décidés à exterminer les Barétounais, une horde de villageois issus des diverses communes de la vallée de Roncal suivit les pas de Pedro Carrica à travers la montagne pour se rendre sur le versant nord des Pyrénées. Ne trouvant personne dans les pâturages, ils descendirent dans la vallée et se dirigèrent vers la maison d'Anginar Sansoler. Ce dernier habitait à l'entrée du village d'Arette. Lorsque les Espagnols arrivèrent, il se trouvait chez lui, à arroser sa vengeance avec ses compagnons. Affaiblis par les tonneaux de vin, ils ne furent pas en état d'opposer de résistance lorsque leurs agresseurs enfoncèrent violemment la porte. Les Roncalais auraient pu tous les massacrer sur le champ. Mais, avant que d'égorger, avant que d'éventrer, avant que de dépecer chaque âme qui vive au village, Pedro Carrica prit le temps de se livrer à une atrocité dont la perversion n'eut d'égale que la cruauté. Il s'adressa à la femme d'Anginar qui se tenait devant lui avec son fils dans les bras :

— Je pourrais te tuer tout de suite, comme on a tué ma femme et mon enfant, lui dit-il. Mais je vais te laisser la vie sauve, le temps que tu désignes l'homme de la vallée que l'on va laisser survivre afin qu'il enterre tous les autres.

La malheureuse élue désigna son père. Les bergers de la vallée de Roncal massacrèrent alors tous les Arettois qu'ils trouvèrent sur leur passage, ne laissant la vie sauve qu'à l'infortuné vieil homme. Misérable fossoyeur, condamné à errer parmi les fantômes de ses concitoyens jusqu'à ce que la mort accepte de venir le délivrer à son tour.

Ayant assouvi leur soif de vengeance, les vingt-cinq assaillants navarrais laissèrent le village d'Arette ensanglanté, décimé, et reprirent aussitôt leur marche pour retourner en Espagne. Au col de Suscousse, près de la ligne de partage des eaux, dans l'obscurité la plus totale, tapis sur l'herbe rase, se tenait un groupe d'irréductibles Béarnais informés du massacre par une servante qui avait réussi à se sauver par une fenêtre. Ayant l'avantage de connaître le secteur, ils avaient pris des raccourcis que seuls les Barétounais natifs pouvaient connaître. D'aucuns racontent que pour précipiter les Espagnols dans leur déroute, une femme de Lanne-en-Barétous serait apparue en cet endroit totalement dénudée, le corps enduit de miel et de plumes. Nul ne sait si la légende de Marie de Cazanobe eut un effet réel dans cette affaire, toujours est-il, qu'aucun Espagnol ne réchappa de cette embuscade.

À qui de voler, à qui de piéger, à qui de tuer, les exactions se succédèrent de part et d'autre des Pyrénées pendant deux longues années. Le sang des Navarrais mêlé à celui des Béarnais, la montagne se couvrit de rouge, accusant un bilan humain de plus de trois cents morts, sans distinction de nationalité.

Cette guerre frontalière fratricide, ne manqua pas d'émouvoir les souverains de l'époque. Gaston Fébus, souverain du

Béarn et Charles II, son homologue de Navarre, tentèrent de mettre un terme à ces querelles intestines inhabituelles dont les belligérants ne cherchaient pas à repousser les limites géographiques d'un territoire, mais revendiquaient, avant toute chose, l'accès à l'unique source, aux abreuvoirs et aux pâturages. L'Église fut invitée à rejoindre la table des négociations mais les Evêques de Bayonne, d'Oloron, de Jaca et de Pampelune réunis ne parvinrent pas davantage à calmer les belligérants et les pourparlers échouèrent.

Les Béarnais se trouvaient fortement affaiblis quand ils livrèrent une bataille sanglante à Aguinicea au cours de laquelle ils accusèrent la perte de leur chef et furent mis en déroute par les Roncalais. Ils durent leur salut à l'intervention pacifique d'un curé de village. Alors que les Espagnols s'apprêtaient à se jeter sur les Béarnais acculés, là où tous les autres avaient échoué avant lui, le curé d'Aramits sut trouver les arguments qui permirent d'entamer les négociations et d'éviter le massacre.

Las de cette folie collective qui avait fait couler tant de sang et trop de larmes, les valléens des deux versants étaient désormais disposés à en finir avec la loi du Talion. Le processus de paix allait pouvoir commencer. L'homme d'église choisit un lieu neutre et c'est en l'église du village d'Anso, en Aragon, dont les villageois étaient réputés pour leur neutralité et leur sens de la justice, qu'il réunit six représentants de chaque camp en octobre 1375.

Par l'entremise du brave homme, après deux longues années de tuerie et de barbarie, les belligérants parvinrent enfin à communiquer. D'un côté, les Béarnais revendiquaient le droit de conduire leurs troupeaux en terre espagnole afin d'user de la source, comme par le passé. De l'autre, les Navarrais ne s'y opposaient pas, à condition d'obtenir une compensation.

Le 13 octobre 1375, un traité de paix portant le nom de *Compromis d'Anso*, fut enfin signé. La compascuité de jadis, ancrée dans une tradition orale depuis l'Antiquité allait être redéfinie et inscrite sur un parchemin pour rien de moins que l'éternité.

Chacune des deux vallées ayant payé les combats au prix du sang de ses enfants, il fut établi que les pertes et les souffrances étaient équivalentes sur chacun des versants. Cependant, dans la mesure où les bergers béarnais avaient été à l'initiative de l'expédition punitive qui avait fait basculer les vallées dans l'horreur, ils furent jugés responsables et durent accepter de s'acquitter d'une redevance auprès de leurs voisins espagnols. Cette redevance appelée « Tribut des trois vaches » stipulait que les Barétounais s'engageaient à remettre chaque année à leurs homologues espagnols, trois génisses de deux ans, de même cornage et de même pelage, et ce, à perpétuité. En l'échange de quoi, ils pourraient, chaque année, à compter du 10 juillet, et pour une durée de 28 jours, non seulement user de la source mais aussi arpenter les pacages de la vallée de Roncal, en toute liberté, et en toute sécurité.

Ainsi, fut-il décidé, à titre de réparation pour le sang versé et en guise de rétribution du droit de pacager, que, chaque 13 juillet, les Béarnais de la vallée de Barétous et les Basques de la vallée de Roncal se réuniraient au pied de la borne 262, sur les restes du mégalithe dit de la Pierre-Saint-Martin, pour honorer ce traité de paix.

Quelque six cent trente-neuf années plus tard, en 2014, cette pratique rituelle célébrant le renouvellement de ce pacte, considéré comme le plus ancien traité de paix d'Europe encore en vigueur, était classée au patrimoine culturel immatériel de l'Unesco.

PARTIE IV
MARS 2020
AQUERAS MONTANHAS…[1]

« Todo pasa y todo queda, pero lo nuestro es pasar.
Pasar haciendo caminos, caminos sobre la mar…
… Caminante, no hay camino, se hace camino al andar. »
Cantares, Chanson de Joan Manuel Serrat, d'après un poème d'Antonio Machado.

1 Chant traditionnel béarnais

CHAPITRE 1

Oloron Sainte-Marie,
Mai 2020.

Lorsqu'elle était tombée sur ce vieux cahier d'écolier, Manon n'avait pas tout de suite compris de quoi il s'agissait. Au début, elle avait pensé qu'il s'agissait d'un cahier de poésie que Suzette aurait complété étant enfant. Mais en le feuilletant plus attentivement ce jour-là, elle reconnut des paroles de chansons qu'elle connaissait pour les avoir étudiées en classe au cours de l'année scolaire.

Ainsi, avec des pleins et des déliés tracés à l'encre violette comme elle avait appris à le faire lorsqu'elle n'était encore qu'une écolière, Suzette avait recopié des paroles de chansons sur un vieux cahier de poésie. Telles des incantations formulées sous la plume magique de troubadours romantiques, elle les avait chantées jusqu'à ce qu'elle se les approprie et qu'elles deviennent siennes. Elles les avaient ensuite restituées sous la forme d'une correspondance imaginaire entre Pierre et elle. Manon n'avait jamais vraiment goûté à la dimension poétique des textes du troubadour gascon qu'on lui avait imposé d'étudier dans le cadre du programme Jazz in collège. Mais à travers ces échanges épistolaires imaginaires, ces paroles prenaient une dimension toute nouvelle.

L'adolescente comprit que ces textes réorganisés de manière à raconter une histoire dont Suzette et Pierre étaient les personnages principaux avaient dû accompagner l'amoureuse éconduite lors de ses moments de tristesse et de mélancolie. Et qu'ils l'avaient sûrement aidée à les surmonter.

CHAPITRE 2

Oloron Sainte-Marie,
Dimanche 21 juin 2020.

Au cours des deux mois de confinement, il ne fut jamais autorisé à rendre visite à son épouse mais Pierre ne manqua pas un seul rendez-vous. Ainsi, dans la petite rue de la maison de retraite, les habitants prirent-ils l'habitude de se poster deux fois par jour à leurs fenêtres pour se livrer à des salves d'applaudissements. Comme tous les Français, ils saluaient chaque soir à 20h le dévouement du personnel soignant soumis à rude épreuve par l'épidémie de COVID-19. Mais avant cela, les habitants de cette rue avaient rendez-vous, chaque jour, à 16h, pour chanter avec Pierre. Le répertoire s'enrichit quelque peu et des titres du répertoire béarnais tels que *L'immortelà* et *Beth Ceu de Pau* vinrent s'ajouter à *Aqueras Montanhas*. Ainsi, se tenait un concert quotidien d'une quinzaine de minutes.

Les représentations se poursuivirent bien après la fin du confinement. Les établissements accueillant des personnes âgées n'ayant pas encore ouvert leurs portes, Pierre continuait à jouer les troubadours. Son tour de chant fut particulièrement apprécié et suivi ce dimanche après-midi du mois de juin qui avait vu le virus priver les citoyens de toutes les communes de France des célébrations traditionnellement données à l'occasion de la fête de la musique.

Alors que le tour de chant semblait terminé, on entendit une voix éraillée tenter timidement quelques notes. Il semblait que cette voix provenait de la fenêtre d'une chambre du premier étage de la maison de retraite. Une fenêtre était ouverte, mais personne ne se montrait. C'était un chant béarnais que personne ne semblait connaître, du moins, personne n'intervenait pour accompagner cette voix féminine dont la tristesse était tangible. C'était une chanson qui parlait de bergers, d'amour et de fleurs. D'un bouquet de violettes noué d'un cordonnet de soie, offert à un jeune homme qui jamais n'avait oublié celle qui le lui avait offert.

Seul Pierre accompagna la mystérieuse chanteuse invisible et termina avec elle *Dus pastors a l'ombreta*[1]. Ce soir-là, il s'attarda un peu sur le trottoir. Après de longues minutes, il la vit qui se tenait debout dans l'encadrement. Droite, les mains appuyées sur le rebord de la fenêtre, Suzette était là. Elle le fixait du regard, intensément. Ils restèrent ainsi un long moment. Puis Suzette lui fit un signe qu'il interpréta comme une invitation à l'attendre. Quelques longues minutes plus tard, elle était devant lui, devant la porte d'entrée de la résidence, accompagnée d'une auxiliaire de vie qui ne cessait de lui répéter que tout ceci n'était vraiment pas raisonnable. Non, vraiment pas !

---

1 *Deux bergers à l'ombre.*

Ils se trouvaient à présent face à face. Lui, appuyé à une canne, elle à son déambulateur. Mais aucun des deux ne prit garde à ses artifices. Chacun retrouvait dans le regard de l'autre le reflet des jeunes gens qu'ils avaient été, quelques décennies auparavant.

CHAPITRE 3

Oloron Sainte-Marie,
Samedi 7 mars 2020, 6 heures du matin.

Si seulement Ção était là, elle saurait la conseiller, la rassurer. Personne mieux qu'elle n'avait le don de lui redonner du baume au cœur quand elle n'allait pas bien. Elle avait toujours le mot juste pour lui rendre le sourire, la remettre en selle quand elle commençait à douter ou menaçait de renoncer face à une difficulté. Mais Ção s'était absentée pour quelques semaines. Elle était partie s'occuper de sa maman, restée au pays et qui rencontrait quelques problèmes de santé. Depuis son départ, Evelyne se sentait comme orpheline.

Quand Paul et elle avaient vendu la maison, elle avait préféré prendre un appartement. Elle ne se sentait pas capable d'assumer l'entretien d'un extérieur, elle craignait que ce soit trop lourd à porter pour elle seule. Elle s'était installée dans un appartement coquet dans une petite résidence au calme en bordure du Gave d'Oloron. Elle disposait de moins d'espace mais elle savait apprécier le confort que lui offrait sa grande terrasse et savourait chaque jour la vue imprenable sur les Pyrénées en prenant son café. Çáo était sa voisine de palier. Elles s'étaient croisées un jour, en sortant de chez Magdeleine, la petite épicerie de quartier située à l'angle de sa rue. Çáo avait les mains prises, Evelyne lui avait tenu la porte, le temps qu'elle sorte avec ses paquets. Elles avaient toutes deux pris la même direction et avaient fait le chemin ensemble. Elles s'étaient à nouveau souri en arrivant devant la résidence lorsque Çáo lui avait rendu la politesse et lui avait cédé à son tour le passage. Ensemble, elles avaient pris le même ascenseur. Et avaient éclaté de rire devant leur porte en découvrant qu'elles étaient voisines de palier. Un soir où elles s'étaient retrouvées devant le local poubelle, elles avaient pris le temps d'échanger quelques mots. Puis la discussion avait duré dans le couloir. Cela devait faire plus d'une heure qu'elles se racontaient leurs vies lorsque sa voisine lui avait proposé d'entrer chez elle. Son mari était en déplacement, ça ne dérangerait personne. Evelyne avait un peu hésité puis finalement n'avait pas résisté au plaisir de poursuivre la conversation avec une voisine aussi sympathique. Simon était chez son père, personne ne l'attendait non plus. Cette soirée avait été le point de départ d'une amitié indéfectible.

Le mari de Çáo était en déplacement toutes les semaines, du lundi au vendredi. Du fait de la garde alternée, Evelyne était seule, une semaine sur deux. Il ne leur avait pas fallu longtemps pour coordonner leurs agenda et prendre leurs petites habitudes. Elles se retrouvaient donc, un jeudi soir sur deux, pour ce qu'elles appelaient leurs *apéros portugais*. C'était devenu une habitude incontournable et indispensable pour les deux amies. Un sas de décompression, un espace qui n'appartenait qu'à elles deux, où elles retrouvaient tout à la fois insouciance et gravité. Au rythme des chansons populaires du Portugal des années 80-90 qu'elles passaient en boucle sur de vieilles cassettes ou qu'elles retrouvaient sur les ondes avec les émissions de Radio Amalia, elles célébraient leurs bons moments, déballaient tous leurs fardeaux, petits et gros. Elles se découvraient en décortiquant des lupins qu'elles allaient quelques fois acheter ensemble, le samedi matin, au marché portugais. Elles se soutenaient mutuellement, à grand renfort de beignets de morue et de *Larmes du Christ*, ce délicieux porto blanc que Ção lui avait fait découvrir lors de leur première soirée. Chacune était ainsi devenue indispensable à l'équilibre de l'autre. Malgré leurs différences d'âge, de culture, de parcours, elles étaient faites pour se rencontrer, pour s'entendre, se comprendre, se respecter et s'adorer.

Un soir où elles avaient toutes deux un peu trop compati aux douleurs du Christ en s'abreuvant abondamment de ses larmes, elles s'étaient lancées dans une drôle d'expédition. Ce soir-là, Evelyne avait confié sa tristesse à son amie. Paul et elle étaient séparés depuis plusieurs années mais elle ne parvenait pas à s'empêcher de s'interroger sur sa nouvelle vie. Elle se demandait s'il entretenait une relation amoureuse. Elle n'avait pas choisi cette situation. Elle avait fini par accepter la séparation mais au fond, il lui manquait toujours. Une de ses collègues lui avait dit avoir récemment croisé Paul en charmante compagnie à l'occasion d'une soirée. Evelyne n'avait rien dit sur le moment, mais une fois rentrée chez elle, elle s'était effondrée et avait été forcée de reconnaître que si cette idée la rendait aussi triste, c'était que la blessure n'était pas encore totalement refermée.

Evelyne avait fait part de ses états d'âme à son amie. Sachant que Simon était en voyage scolaire à ce moment-là, Ção avait proposé à Evelyne d'aller faire un petit tour du côté de chez Paul, l'air de rien, juste comme ça… pour voir. Habituellement,

Evelyne ne se serait jamais lancée dans une telle expédition mais, peut-être avait-elle perdu un peu de lucidité. Le porto l'avait rendue d'humeur joyeuse et cette idée l'avait amusée. Elle avait tout de même fait preuve de suffisamment de clairvoyance pour se rappeler qu'elles avaient trop picolé et qu'elles n'étaient en état de conduire, ni l'une ni l'autre. Elle avait répondu à Ção que l'idée était tentante, mais que ce ne serait pas possible. Ção lui avait alors soufflé une autre proposition :

— J'ai peut-être une solution. Un vieux truc à la cave que j'ai reçu en cadeau de mariage. Avec ça, on pourrait sûrement faire l'aller-retour en un rien de temps…

Pas vraiment convaincue, Evelyne avait tout de même suivi son amie à la cave. En découvrant le vieux truc en question, elle n'avait pu réprimer un sourire. Il s'agissait d'un tandem. En temps normal, il n'aurait jamais été question pour elle d'oser se lancer sur un pareil engin. Elle n'avait pas fait de vélo depuis longtemps, et puis, elle n'était pas très sportive. Sans compter que ça devait être drôlement compliqué de s'accorder sur ce truc-là. Mais les petits verres de porto l'avaient aidée à trouver le courage nécessaire et après quelques essais, ça avait été un drôle d'équipage qui s'était engagé sur la route à la tombée de la nuit.

— *Onde vais Portugueeeeseeee boniiiitaaaaa ? Volta atrás, vem escutar a cançãooo…*

Comme deux gamines, elles chantaient à tue-tête, hurlant de rire à chaque coup de pédale. Elles ne savaient pas ce qu'elles cherchaient mais la simple perspective de se lancer ainsi toutes deux dans la nuit pour mener une enquête qui n'avait quasiment aucune chance d'aboutir les rendait hilares. Evelyne était consciente d'être dans un état second. Mais elle n'aurait su mettre cette ivresse sur le seul compte des verres d'alcool qu'elles avaient consommés avant de partir. Sur cet étrange vélo, à une heure avancée de la soirée, elle était tout simplement ivre de joie par excès de rires, d'amitié, d'amour ! Il faudrait qu'un jour, elle trouve les mots pour dire à Ção à quel point son amitié lui faisait du bien, à quel point leur relation était importante à ses yeux. Jamais personne n'avait fait un truc aussi insensé pour elle, jamais personne ne lui avait proposé de se lancer ainsi dans la nuit pour mener une enquête aussi improbable. Elle savait que, même si leur sortie ne débouchait sur rien, celle-ci aurait eu le mérite d'exister. Et personne ne pourrait jamais lui enlever ce petit moment de pure félicité. Ce petit rayon de soleil dans la grisaille quotidienne.

Les enquêtrices décidèrent de commencer leurs recherches en allant traîner non loin de chez Paul. Elles cessèrent leurs vociférations un peu avant d'arriver dans sa rue. Elles laissèrent le tandem à l'abri des regards, sous les arbres, et s'avancèrent à pied sous les fenêtres de la nouvelle maison de l'ancien compagnon d'Evelyne.

Elle reconnut la voiture de Paul garée dans la cour. Juste devant la maison, se trouvaient deux autres véhicules qui pouvaient aussi bien appartenir à des voisins qu'à des invités de l'une des maisons de la petite rue. Cela ne les avançait pas beaucoup. Evelyne sentit pourtant son cœur se serrer en approchant de la petite *Fiat 500* garée juste après le portail. Sur le siège passager de la petite voiture couleur bleu salle de bain se trouvait un blouson identique à celui qu'elle avait offert à Paul, à l'occasion du dernier Noël qu'ils avaient passé ensemble. Il pouvait s'agir d'une coïncidence mais cela pouvait également être le blouson de Paul et signifier qu'il connaissait suffisamment le ou la propriétaire de ce véhicule pour ne pas prendre la peine de le récupérer.

Peut-être étaient-ils arrivés ensemble ce soir ? Et repartiraient-ils ensemble plus tard dans la soirée ? Ou demain matin ?

Evelyne sentit disparaître tout à fait l'enthousiasme qui l'animait au début de leur expédition en apercevant un autocollant sur le pare-brise. Il s'agissait du macaron d'une association prônant les bienfaits de l'allaitement maternel et dont une des missions consistait à apporter aide et soutien aux jeunes mamans. Elle connaissait bien cet organisme avec lequel son service avait développé un partenariat. La propriétaire de ce véhicule pouvait donc être un membre de l'association. Ou faire partie du corps médical. Peut-être s'agissait-il d'une sage-femme ? Cela pouvait très bien être une de ses collègues. Si ça se trouvait, elle faisait partie du même service qu'elle…

Elles n'étaient pas très avancées mais, au cas où elles seraient sur une piste, elles ne voulaient pas laisser passer cette occasion de mettre Paul face à ses contradictions. Il avait toujours prétendu ne pas avoir de relation et ne pas être parti pour quelqu'un d'autre. Elles souhaitaient lui laisser un signe de leur passage, lui fournir une preuve qu'elles étaient au courant… Ne sachant pas trop comment s'y prendre, l'idée saugrenue leur vint de laisser un message sur le pare-brise des voitures. Comme elles n'avaient pas de papier sur elles, elles fouillèrent dans le container destiné au recyclage et trouvèrent de nombreux courriers. Elles récupérèrent les enveloppes et les découpèrent grossièrement à la main. Ção avait un stylo dans la poche de son blouson. Il ne leur restait plus qu'à rédiger un message bien balancé… Mais les deux apprenties corbeau se trouvèrent en panne d'inspiration. Il leur fallait un message explicite pour faire comprendre aux coupables qu'*elles savaient*, et suffisamment vague pour ne pas trop attirer l'attention sur elles, au cas où elles feraient fausse route. Elles finirent par trouver une formule mystérieuse dont l'orthographe douteuse aurait de quoi torturer les méninges des hypothétiques tourtereaux.

H, comme hazard … ?

Mais au moment de glisser le message sous l'essuie-glace, Evelyne eut tout d'un coup l'impression de ne plus être du tout à sa place. Finalement, cette confrontation avec une possible réalité lui renvoyait quelque chose de profondément négatif et la rendait encore plus triste. Peut-être bien qu'il s'agissait de la veste de Paul. Peut-être était-il en train de passer du temps en excellente compagnie. Et quand bien même toutes ces allégations s'avéreraient exactes, cela ne la concernait plus à présent. Aussi douloureux que cela puisse lui paraître, Paul avait parfaitement le droit de refaire sa vie. Elle n'avait plus aucun droit de regard, ni sur sa vie, ni sur les personnes qu'il pouvait fréquenter. Il fallait qu'elle se résigne et qu'elle apprenne à considérer leur relation comme de l'histoire ancienne. Elle enfonça les messages au fond de sa poche et elles repartirent en direction de chez elles.

Elles firent le trajet en sens inverse de manière beaucoup moins joyeuse et nettement plus discrète. L'air frais de la nuit lui avait fait du bien, mais Evelyne était encore profondément triste quand elles arrivèrent devant leur résidence. Çåo ne voulait pas laisser son amie seule dans cet état-là.

— Tu sais, lui souffla-t-elle avec une pointe de cet accent délicieusement chantant que trente années passées en France n'avaient pas réussi à gommer. Dans mon pays, il existe un mot qui n'existe dans aucune autre langue. Enfin, c'est ce que mon père disait toujours. Ce qui est sûr, c'est que c'est quelque chose qui n'a pas d'équivalent exact en Français. Un mot qu'on utilise en Portugais pour désigner une grande tristesse, une nostalgie incommensurable, un vide que rien au monde ne saurait remplir tant le manque de ce qui a été perdu est grand. C'est un mot où se logent à la fois le désir et le désespoir. Pour exprimer ce que tu ressens aujourd'hui, chez moi, on parle de *saudade*. C'est un thème très souvent évoqué dans la littérature lusophone ou dans les chansons. Tu as sans doute déjà entendu une des ces chansons qu'on appelle des *fados*. Des chansons toujours très mélancoliques qui évoquent cette nostalgie, cette douleur, ce vide. Le mot fado à lui tout seul est également chargé de cette langueur. Ce sont des chansons qui parlent du destin, du sort que l'existence réserve à tout un chacun. Dans un de ses fados, une chanteuse très populaire au Portugal explique qu'il existe un excellent remède pour tuer cette douleur. C'est de lui donner à boire.

Satisfaite d'avoir une solution adaptée à la situation, Ção s'absenta quelques instants. Elle revint en fredonnant la chanson d'Amalia Rodriguez qui dispensait de tels préceptes. Elle tenait un petit plateau sur lequel se trouvaient deux petits verres et une bouteille de ce remède maison pour les soirs où la saudade devenait un peu trop lourde à porter. Remède que son mari distillait lui-même avec ses frères dans leur petit village près de Coïmbra selon une recette familiale qui avait fait ses preuves depuis longtemps et dont il ramenait chaque année une quantité suffisante pour s'assurer de ne jamais en manquer. Evelyne n'avait jamais eu l'occasion de se rendre au Portugal et ne parlait pas un mot de portugais. Avec fierté et générosité, Ção lui faisait partager des éléments de sa culture et de sa langue. La transmission des fondamentaux se faisant essentiellement à travers les chansons, la nourriture. Et les boissons.

Evelyne n'était pas vraiment convaincue mais elle s'exécuta et but le contenu de son verre d'une seule lampée. Elle le regretta aussitôt. Elle sentit une violente brûlure dans son gosier et eut l'impression de prendre conscience, d'un coup, d'un seul, de la présence de la totalité de son appareil digestif. De la bouche jusqu'au fond de l'estomac, elle avait l'impression d'être en feu. Puis la sensation de brûlure s'estompa peu à peu pour faire place à une chaleur plus douce, réconfortante, qui ne fut pas pour lui déplaire. Elle dut reconnaître qu'en fin de compte, le remède était plutôt efficace. Elle prit congé de son amie tard dans la nuit et finit par se coucher pour quelques heures sans repos récupérateur.

La sonnerie du réveil eut sur elle un effet désagréable. Elle ne l'arrachait pas au sommeil, ce dernier ne voulait pas souvent d'elle depuis la séparation. Mais elle aurait aimé rester un peu plus longtemps au fond de son lit. Elle avait mal à la tête. Elle qui ne consommait presque jamais d'alcool avait indéniablement trop picolé la veille. En buvant son café, elle se rappela qu'elle ne serait pas en salle de naissance ce matin-là car elle devait assurer des cours de préparation à l'accouchement. Comme elle n'était pas vraiment au top et que la présence en salle de naissance nécessitait une implication et une disponibilité importantes, elle se dit que, finalement, ce ne serait pas une mauvaise chose.

En se garant sur le parking de la maternité, elle aperçut une petite Fiat 500, couleur bleu salle de bains… En s'approchant, elle distingua, très nettement, l'autocollant de l'association Galactée. Elle défroissa alors le message qu'elle avait fourré au fond de sa poche la veille et le plaqua sur le pare-brise, au niveau de l'essuie-glace côté conducteur afin que celui-ci soit lisible de l'intérieur du véhicule, au cas où sa propriétaire ne le verrait pas avant d'entrer dans l'habitacle. Elle ignorait à qui appartenait cette voiture. Elle ne savait pas trop à quoi ça la mènerait, mais pendant quinze jours, elle ne put s'empêcher de reproduire ce message et de le plaquer sur la voiture à chaque fois qu'elle la trouvait sur le parking de son lieu de travail.

Lorsqu'elle raconta ses péripéties à Ção lors de l'apéro portugais bimensuel qui suivit, celle-ci eut une autre idée. Elle lui proposa de repartir en expédition. Mais en voiture cette fois. Et avant d'avoir bu quoi que ce soit !

Comme elles l'avaient fait deux semaines auparavant, elles se rendirent devant la maison de Paul et se garèrent un peu après le grand portail en fer forgé. La voiture de Paul était toujours garée dans la cour, les volets étaient entrouverts et on voyait de la lumière filtrer depuis les fenêtres de l'étage. Paul et Simon devaient être en haut. Evelyne ressentit un moment d'émotion, quelque chose qui ressemblait à la *saudade* dont lui avait parlé son amie. Mais cette fois, c'était différent. Elle se disait que son garçon se trouvait là-haut, dans une des chambres, dans la nouvelle maison de son père. Il était juste là, à portée de voix. Si elle l'appelait, il sortirait peut-être à la fenêtre et elle pourrait l'apercevoir et lui faire un petit signe. Mais elle n'était pas supposée être là, et lui se trouvait dans une tranche de vie à laquelle elle n'appartenait pas. Et c'était quelque chose qu'elle se devait de respecter. Elle fut interrompue dans sa rêverie par son amie qui lui indiquait qu'elle venait d'apercevoir la petite voiture dans son rétroviseur. Evelyne éprouva un mélange de curiosité, d'excitation et de peur. Elle allait peut-être enfin savoir à quoi ressemblait celle qui l'avait remplacée.

Mais personne ne descendit de la voiture. Elles entendirent le portail s'ouvrir et aperçurent Paul qui sortait sur le trottoir. Alors qu'il entrait dans la voiture couleur salle de bains, Ção s'exclama :

— On les suit ! Comme ça, tu vas savoir où elle habite !

Elle démarra la voiture et sortit de son emplacement avant que la petite voiture bleue ne reparte.

— Tu passes devant ? s'étonna Evelyne.

— C'est une technique imparable pour suivre quelqu'un sans se faire repérer… Tu vas voir ! Il faut juste espérer qu'il n'y ait pas trop de feux…

Une fois de plus, la méthode de Ção se révéla efficace. Il suffisait simplement de ralentir un peu plus que d'habitude avant chaque intersection. La conductrice qui les suivait était disciplinée et utilisait son clignotant bien en avance, ce qui lui simplifia amplement la tâche. Moins de cinq minutes plus tard, la petite voiture ralentit au niveau d'une jolie maison moderne. La porte électrique du garage s'ébranla, le véhicule à bord duquel se trouvait Paul s'engouffra alors à l'intérieur et disparut avant que les détectives ne puissent identifier la conductrice à son bord. Mais tout n'était pas perdu. Quand les lumières furent allumées à l'intérieur de la maison, Ção sortit rapidement de son véhicule et alla récupérer discrètement le nom inscrit sur la boîte aux lettres. Leur enquête venait de progresser d'un bond.

Evelyne pensa alors à Simon et se demanda ce qu'il faisait seul, chez son père pendant que ce dernier se permettait de partir roucouler pendant sa semaine de garde. Elles repassèrent devant la maison. Tous les volets étaient maintenant fermés, Simon devait dormir.

— *Saudade*… souffla-t-elle à son amie.

De retour au travail, le lendemain matin, Evelyne alla fureter un peu dans l'ordinateur de l'hôpital pour retrouver l'organigramme de tout le service maternité. Elle finit par trouver le nom qu'elle cherchait dans le département de néonatologie. Le soir même, elle utilisa sa messagerie professionnelle pour retrouver l'adresse électronique de sa rivale.

De : Evelyne Gennaro, à : Perrine Laflou

Je sais qui vous êtes. Et je sais ce que vous faites. Il n'y a vraiment pas de quoi être fière.

Evelyne (et ne me dites pas que vous ne savez pas qui je suis).

Pendant une semaine, tous les jours et plusieurs fois par jour, Evelyne consulta sa boîte mail, mais n'obtint pas de réponse. Au bout d'une dizaine de jours, elle finit par recevoir un message.

De : Perrine Laflou, à : Evelyne Gennaro
Madame,
Vous devez faire erreur.
Effectivement, je ne sais pas qui vous êtes, et je ne vois pas du tout de quoi vous voulez parler.
Perrine Laflou

De : Evelyne Gennaro, à : Perrine Laflou
Êtes-vous sûre d'être aussi innocente que vous voulez bien le laisser croire ? Permettez-moi d'en douter...

De : Perrine Laflou, à : Evelyne Gennaro
Madame,
Je vous le répète, vous faites erreur. Je vous demande de cesser de m'importuner.

De : Evelyne Gennaro, à : Perrine Laflou
Soit. Vous n'aurez plus de mes nouvelles.
Mais vous ne pourrez plus dire que vous ne saviez pas.
Dorénavant, vous agirez en toute connaissance de cause.

Par la suite, Evelyne avait cessé d'envoyer des messages mystérieux à la supposée maîtresse de Paul et elles ne s'étaient plus rendues sous ses fenêtres depuis le soir où Ção et elle les avaient pris en filature. Leurs échanges en étaient restés là. Elle avait demandé à Simon s'il savait si son père voyait quelqu'un.

Il ne semblait rien savoir, ni au sujet de sa vie amoureuse, ni au sujet des escapades nocturnes de ce dernier. Evelyne se surprenait parfois à espérer qu'il y ait une autre explication à tout ça, et que Paul et elle puissent se retrouver. Puis elle essayait de se reprendre très vite, consciente que ses divagations ne pouvaient que la faire souffrir et qu'elle devait aller de l'avant au lieu de ressasser un passé définitivement révolu.

Quelques semaines après les échanges de mails, alors qu'elle avait cessé ses investigations, Evelyne eut l'occasion de mettre un visage sur le nom de sa correspondante. Dans le cadre de son travail, elle s'était inscrite à une formation sur la guidance parentale. Elle était arrivée en avance et avait été une des premières à compléter la liste d'émargement. En parcourant les noms sur la liste, elle avait reconnu celui de la personne avec qui elle avait échangé les mails. Elle décida de s'installer confortablement sur le fauteuil situé le plus près de la petite table sur laquelle était posée la liste et d'attendre l'arrivée des participants. Evelyne avait l'habitude de participer à ce type de formations, aussi connaissait-elle déjà beaucoup des noms inscrits sur la liste. En enlevant les prénoms à consonance masculine, il restait seulement cinq personnes qu'elle ne connaissait pas. Elle n'aurait donc pas trop de difficultés à l'identifier, cette Perrine Laflou. Mais quelques minutes plus tard, la feuille d'émargement fut déplacée sans qu'Evelyne n'ait pu identifier les arrivantes. Il ne lui restait plus qu'à espérer que le formateur propose un tour de table pour faire les présentations avant de commencer. Son vœu fut exaucé. Elle eut la surprise de s'apercevoir que la personne qu'elle attendait se trouvait juste en face d'elle, de l'autre côté de la grande table de séminaire. Elle eut ainsi tout le loisir de l'examiner des pieds à la tête. Perrine eut l'air gênée quand Evelyne déclina son identité. Evelyne considéra cela comme un aveu incontestable et ne se gêna pas pour la dévisager et la défier du regard. Elle ne cherchait même pas à se cacher lorsqu'elle parlait sur son compte, indiquant à ses collègues les plus proches qu'il s'agissait de sa remplaçante dans le lit de Paul. Evelyne jugea qu'elle était indéniablement plus jeune qu'elle, mais que ce n'était pas pour autant qu'elle avait plus d'allure. Au cours du déjeuner qu'elle partagea avec ses collègues, elle déclara l'avoir trouvée plutôt fade et avoua être quand même un peu déçue. Mais ce qu'elle garda pour elle et qui la dérangeait encore davantage, c'est qu'elle lui trouvait, malgré tout, un air fort sympathique.

Au cours des semaines qui suivirent, Evelyne repensa souvent à Perrine Laflou et ne parvint pas à garder autant de distance qu'elle l'aurait souhaité. Elle se rendit plusieurs fois seule devant chez elle à des moments différents de la journée. Elle ne revit plus Paul, mais elle découvrit que Perrine était en couple et qu'elle avait deux enfants. Un jour, n'y tenant plus, elle se rendit jusque chez elle et sonna à la porte. Sa rivale l'accueillit avec un grand sourire.

— Je suis venue vous dire… je suis venue vous dire…

Mais les insultes et autres phrases assassines qu'elle avait prévu de déverser sur cette horrible garce, briseuse de ménage et voleuse de futur mari, restèrent en suspens.

— On dirait, effectivement, que vous avez beaucoup de choses à me dire, lui dit-elle sans se départir de son sourire avenant. Entrez donc, j'étais en train de préparer du thé, poursuivit-elle toujours aussi chaleureusement.

Et avant qu'elle ne comprenne ce qui se passait, Evelyne se retrouva assise dans la cuisine de Perrine Laflou à partager avec elle un délicieux thé au caramel. Evelyne fut surprise par la facilité déconcertante de cette personne à laisser entrer chez elle une personne inconnue, ou pire, une ennemie potentielle.

— J'étais venue pour vous insulter et vous dire des choses horribles, mais je crois que je ferais mieux de m'en aller. Excusez-moi, je… je suis ridicule, avait-elle fini par confier.

Evelyne s'était levée et commençait à se diriger vers la porte mais Perrine l'avait retenue.

— Attendez. Si vous avez quelque chose sur le cœur, il vaut mieux en parler tout de suite. Entre les petits mots sur le pare-brise et les mails, j'ai bien compris que vous essayiez de me dire quelque chose... je vous écoute...

— Je… je suis l'ex-compagne de Paul…

C'était la première fois qu'elle se présentait ainsi. Depuis la séparation et jusqu'alors, elle s'était toujours arrangée pour présenter Paul comme *le père de Simon*, mais elle n'avait jamais employé le préfixe *ex* pour faire référence à leur situation. Cette précision donnait une dimension trop concrète à leur séparation et accentuait encore son malaise. Elle n'avait, tout simplement, rien à faire là. Il était vraiment temps qu'elle s'en aille avant de passer pour la dernière des cinglées.

— Je suis au courant de votre situation avec Paul. Il m'a raconté. Vous savez, il aimerait bien pouvoir communiquer davantage avec vous. Ce serait bien, ne serait-ce que pour Simon…

— Vous connaissez Simon ? Il vous l'a présenté ?

— Oui. Simon était ici la semaine dernière. Il a passé la soirée sur la console avec mon fils et ma nièce pendant que les grands jouaient au tarot.

— Au tarot ? Mais je pensais que Paul venait vous voir pour…

— J'ai effectivement remarqué que vous aviez imaginé des choses à notre sujet. Comme je vous l'ai dit dans un des mails que je vous ai envoyés, vous faisiez erreur.

Evelyne était de plus en plus confuse et ne savait pas comment se sortir de ce mauvais pas.

— Paul et mon mari partagent la même passion pour le tarot et se rencontrent régulièrement pour des parties de cartes. C'est par ce biais que nous nous connaissons. Il n'y a rien de plus à dire à ce sujet.

— Je… je suis désolée. Je vais m'en aller. Je n'ai rien à faire ici. Je n'aurais jamais dû vous déranger. Je n'aurais jamais dû venir jusque chez vous. C'était totalement déplacé de ma part.

— Au contraire, vous avez très bien fait ! Ça a été l'occasion de dissiper un malentendu. Paul doit venir ce soir. Nous organisons un apéritif dînatoire, en toute simplicité. Il y aura Simon, ma nièce et ma sœur. Si vous souhaitez vous joindre à nous, vous êtes la bienvenue !

Décidément, elle était vraiment très surprenante cette Perrine Laflou. Evelyne ne doutait pas un instant de sa sincérité mais elle avait eu suffisamment d'émotions pour la journée et ne se sentait pas capable d'affronter cela. Bien sûr qu'elle aurait aimé passer la soirée en compagnie de son fils. Bien sûr que dans d'autres circonstances, quelqu'un d'autre aurait pu trouver naturel de partager un apéritif avec son ex-conjoint chez des amis communs. Mais elle n'avait jamais adressé la parole à Paul depuis le jour où il l'avait laissée seule en tête à tête avec la côte de bœuf. Et elle ne connaissait pas ces gens. Non, ce n'était vraiment pas naturel.

— Je suis désolée, vous devez vraiment me prendre pour une folle.

Perrine Laflou lui expliqua alors en riant qu'elle avait vécu une situation similaire, quelques années auparavant, et qu'elle avait eu une attitude beaucoup plus extravagante.

— Moi aussi, je suis allée frapper à sa porte. Je l'ai d'abord copieusement insultée et j'ai même essayé de la gifler. Ce jour-là, on s'est mis une plumée inimaginable ! Je ne sais même pas si tous les mots qu'on a utilisés existaient vraiment ! Je n'avais que ma fille à l'époque. Elle avait à peine trois ans. J'ai proposé à mon mari de faire une pause dans notre relation le temps de faire le point sur notre situation. Il ne lui a pas fallu longtemps pour faire sa valise et il est parti s'installer avec elle. Quelques semaines plus tard, ma fille m'a amené une jolie petite boîte de chocolats avec une petite carte de vœux pour la nouvelle année ! Dans un premier temps, j'ai cru que c'était une blague ou une provocation. J'ai même été tentée de retourner chez elle ! Avec le temps, j'ai réussi à comprendre que ma rivale était vraiment sincère. Elle voulait créer quelque chose, un lien un peu exceptionnel. Ce qui est ressorti de tout ça, c'est que nous allions tous devoir faire avec cette situation. Je me suis dit que si mon ex-mari devait s'engager avec elle, cette bonne femme occuperait une place importante dans la vie de ma fille et qu'il valait mieux que j'en fasse une alliée. Eh bien, aussi incroyable que cela puisse paraître, quelques temps après, en allant déposer ma fille pour une semaine chez son père, j'ai accepté l'invitation de partager l'apéritif avec cette femme que je ne connaissais presque pas. Cela fait maintenant plusieurs années que nous partageons quelques moments sympathiques entre membres de cette famille recomposée. Nous avons créé un lien extra-ordinaire, c'est le moins qu'on puisse dire, mais c'est quelque chose qui fonctionne. Je dois avouer que je considère ça comme une réussite et que j'en suis assez fière. Je pense que ça a beaucoup aidé ma fille de voir ses parents capables de communiquer et de s'épanouir dans une relation respectueuse.

Evelyne fut surprise par les confidences de Perrine. Elle trouvait ça assez original en effet et se disait que c'était effectivement extraordinaire d'avoir réussi à garder ce niveau de communication et de complicité mais elle n'en était pas encore capable. Peut-être ne le serait-elle jamais. Elle finit par prendre congé. Perrine la rassura à nouveau et lui précisa que Paul ne saurait rien de sa visite.

Quelques semaines plus tard, Evelyne reçut un mail de Perrine qui lui demandait très gentiment de ses nouvelles. Elle lui indiquait que suite à leur rencontre, Paul était souvent venu chez elle et son mari et qu'à plusieurs reprises, il y avait croisé sa sœur, Léa. Le courant semblait être bien passé entre eux, et ils avaient commencé à se voir seuls, pour d'autres occasions. Elle ne savait pas encore ce que cela pourrait donner entre eux, mais elle préférait préparer le terrain au cas où leur histoire serait amenée à évoluer vers quelque chose de plus sérieux. En conclusion, elle lui transmettait ses amitiés et lui indiquait qu'elle était la bienvenue quand elle le souhaitait. Evelyne n'avait pas donné suite à l'invitation mais elle l'avait remerciée pour sa démarche. Elles n'avaient jamais eu l'occasion de se revoir mais avaient gardé l'habitude de se saluer régulièrement par mail et de se souhaiter les vœux pour la nouvelle année.

Evelyne ne fut donc pas surprise lorsque Simon lui raconta plusieurs mois plus tard que son père lui avait présenté une dame avec sa fille. Et quand Simon lui dit que son père et cette dame parlaient de mariage, elle était informée depuis longtemps.

CHAPITRE 4

Quelque part en France, juste après la frontière,
Samedi, 7 mars 2020, 5 heures.

— *Hay alguien acquí que se llama Simon Pascal ?*[1]

La phrase retentit dans un écho. Il était cinq heures du matin. Pas une silhouette ne se détachait dans l'obscurité. Ils entendirent des bruits de pas qui se rapprochaient de la voiture.

— *Hay alguien acquí que se llama Simon Pascal ?*

Sorti d'on ne sait où, ils distinguèrent un petit homme qui descendait vers eux en courant. Il tendit à Simon un téléphone portable qui affichait un message pour le moins énigmatique.

« On a toujours besoin de plus petit que soi.
À malin, malin et demie… »

Simon sourit.

— C'est bon les gars. Je connais pas ce type, mais c'est ma demie qui nous l'envoie.

1 Est-ce qu'il y a quelqu'un ici qui s'appelle Simon Pascal ?

— Ta quoi ???

— Ma demie, ma demi-sœur, quoi… Enfin, à proprement parler, c'est pas tout à fait ma demi-sœur, c'est… la fille… de la femme… de mon père. En fait, je crois que le vrai mot, c'est « belle-sœur ».

Après la séparation de ses parents, le père de Simon n'avait pas tardé à lui présenter sa nouvelle compagne, et dans le panier de la mariée, il y avait eu ce petit bout de femme de quatre ans de moins que lui, totalement inconnue et avec laquelle on avait voulu lui imposer de vivre comme si c'était sa propre sœur. Les débuts n'avaient pas été faciles. Ils s'étaient immédiatement et réciproquement, copieusement détestés. Tous deux avaient pourtant dû composer avec cette nouvelle réalité.

Demi-frère ? Demi-sœur ? Ces termes souvent utilisés dans les familles recomposées leur avaient semblé d'une contre-réalité presque violente. Dans ce contexte, il n'avait pas été davantage question d'attribuer à l'intrus le qualificatif « beau » ou « belle », ça aurait été lui accorder trop d'honneur. Mais il avait bien fallu qu'ils trouvent une autre façon de se désigner que par « l'autre », « personne » ou « rien », lorsque quelqu'un de leur entourage voulait savoir qui était cette nouvelle personne qui partageait leur quotidien.

Leur situation n'avait rien d'exceptionnel. Ils savaient que ce qu'ils vivaient était le lot de beaucoup d'enfants dont les parents ne souhaitaient plus poursuivre ensemble le même chemin et avaient trouvé quelqu'un d'autre sur leur route pour les accompagner, au moins un bout de temps. Ici, le hasard avait voulu que le père de l'un décidât d'épouser la mère de l'autre. On ne leur avait pas demandé leur avis, on les avait simplement tenus informés.

Bien sûr, les adultes avaient voulu y aller progressivement, le maximum de précautions avaient été prises. D'abord, une sortie avec plusieurs couples d'amis, l'air de rien… Puis, une ou deux sorties en groupe plus réduit. Et enfin, l'inévitable confrontation. L'étape fatale des sorties à quatre. Le passage obligé de la mascarade d'une sortie familiale entre inconnus. Chacun des deux étant plutôt de bonne composition, ils avaient fait avec, mais tout ça n'allait vraiment pas de soi.

Bien sûr, au moment de l'installation, on avait à nouveau tenté de les impliquer. On les avait consultés sur le choix de la nouvelle maison, la couleur du papier peint. Mais comme on n'a jamais fait un fruit complet à partir d'une moitié de pomme et d'une moitié de poire, ces deux gentils enfants avaient eu l'impression de se retrouver à devoir cohabiter dans un compotier mielleux qu'ils avaient été contraints d'accepter avec un sourire forcé mais qu'ils n'avaient en aucun cas voulu.

Alors, quand il avait fallu trouver un terme pour désigner cette nouvelle réalité, « demi-rien » leur avait semblé très adapté. Mais cela avait heurté la sensibilité des jeunes tourtereaux qui, à l'heure de bâtir leur nouveau nid, souhaitaient un terme plus constructif et leur avaient instamment demandé de réfléchir à quelque chose de moins négatif. Les deux demi-rien avaient alors suggéré « demi » sans autre précision accolée. La moitié de quelque chose qui n'est pas cité, cela revenait à la moitié de rien. Et, l'air de rien, le compromis était parfait ! Ce terme de demi résumait leur vie mieux que tous les discours. Depuis que leurs parents respectifs s'étaient séparés, eux aussi avaient eu l'impression de se séparer en deux… un demi pour papa… un demi pour maman… Faute de mieux, cette proposition avait été validée par les amoureux qui se réjouissaient secrètement des premiers signes tangibles d'une collusion inespérée entre les deux demi-rien.

Le berger passa un coup de fil pour indiquer qu'il les avait retrouvés. Il informa les trois amis qu'il reviendrait plus tard, lui-même, pour voir ce qu'il pouvait faire pour la voiture et les fit embarquer à l'arrière de son utilitaire. Dans des effluves d'ovidés, les trois amis se firent ballotter parmi les bottes de paille sur plusieurs kilomètres avant que le berger ne ralentisse et ne coupe le moteur. À la croisée des chemins, une autre voiture attendait là, tous feux éteints. Ils montèrent à bord d'un deuxième utilitaire pour un voyage qui leur sembla moins long, mais ils ignoraient toujours leur destination exacte. Ils s'arrêtèrent bientôt devant une élégante demeure bordée de palmiers où les attendait un homme qui les accueillit chaleureusement.

— Bienvenue les jeunes. Je suis le maire d'Arette. Et le moins que l'on puisse dire, c'est un vrai soulagement de vous avoir retrouvés. C'est lequel d'entre vous qui connaît Manon ? Au cas où vous l'ignoreriez, c'est elle qui a donné l'alerte pour lancer les recherches des deux côtés de la frontière.

Une fois de plus, Simon se signala.

— Tu pourras la remercier ! C'est vraiment un sacré brin de fille !

Ça, Simon n'était pas sans le savoir. Les débuts avaient été difficiles avec celle qu'il appelait à présent sa demie, mais cette demoiselle d'un mètre cinquante de haut n'avait pas tardé à mettre ce grand gaillard dans sa poche. Elle n'avait pas froid aux yeux. Il avait été épaté par le cran dont elle avait fait preuve quelques années plus tôt au cours d'une sortie organisée par la ville à laquelle leurs parents respectifs les avaient inscrits de force afin qu'ils pratiquent des activités ensemble, dans le but à peine dissimulé de leur permettre de se créer des souvenirs communs et de débuter une certaine complicité. Au cours de cette sortie, âgée d'à peine dix ans, Manon avait tenu tête à un grand dadais de six ans de plus qu'elle qui avait tenté d'user de son âge et de sa force pour tenter de les déloger ses copines et elle, des places tant convoitées au dernier rang du bus. Les deux copines de Manon, intimidées par le grand échalas avaient cédé leur siège sans moufter. Manon s'était sentie agressée mais, ne voyant pas en quoi l'âge donnait des prérogatives sur les meilleures places dans le bus, elle avait refusé de bouger au prétexte que le premier arrivé avait bien le droit de s'installer où il le souhaitait. Convaincu que la raison du plus fort était toujours la meilleure, le grand dadais avait voulu s'essayer à la démonstration. Il s'était emparé du sac de celle qui tentait de lui résister et l'avait lancé au milieu de l'allée centrale.

— Mais, ça va pas dans ta tête ?

Loin de se démonter, Manon avait profité de la hauteur que lui apportait la grande marche située à l'arrière du bus pour déposséder son agresseur de la casquette dernier cri qu'il avait pris soin de poser sur sa tête selon les codes en vigueur dans son univers. D'un geste souple du poignet, elle avait envoyé la casquette à travers le bus ; telle un frisbee, celle-ci avait réalisé un vol parfait avant de se poser aux pieds d'un animateur, permettant ainsi à ce dernier de prendre connaissance de ce qui se tramait au fond du bus. Dépossédé de ce symbole de supériorité, son agresseur décoiffé s'était trouvé désarmé au point de se mettre à bafouiller. Là où une autre aurait pu se taire, Manon avait poursuivi en riant :

— Tu peux répéter, s'te plaît ? J'ai pas compris !

Au comble de l'humiliation, le grand dadais n'avait trouvé d'autre moyen pour faire taire cette gamine et lui imposer de lui témoigner le respect dû à son rang de grand que de la saisir fermement par les épaules. Il s'était mis à la secouer violemment tout en l'insultant copieusement.

L'animateur qui avait reçu la casquette sur les pieds s'était alors précipité au secours de Manon et son agresseur s'était vu sanctionné pour cette tentative de démonstration de force. Sans qu'ils s'en doutent, le stratagème des parents avait donc parfaitement bien fonctionné ce jour-là. Simon n'était pas intervenu mais il avait été soufflé par l'aplomb dont Manon avait fait preuve à cette occasion. Il n'avait pas manqué de le lui dire, en avouant qu'il avait quand même eu un peu peur pour elle quand il avait senti que les choses commençaient à dégénérer.

— Allez, on parlera de tout ça au chaud ! avait poursuivi le maire en désignant la porte de sa maison.

Quand son épouse leur ouvrit la porte, ils ne virent que ses grands yeux gris entourés d'une cascade de boucles jadis poivre et sel. Elle portait sur le nez un masque alternatif fabriqué à partir d'un tissu dont les motifs avaient dû être à la mode au siècle précédent et qui s'accordait parfaitement à son tablier de devant. L'ensemble lui donnait un petit air désuet, tout à fait sympathique. Elle les pria instamment d'entrer. Ils furent saisis par le changement de température et s'approchèrent de l'immense cheminée qui trônait dans la grande pièce.

— Installez-vous, les jeunes ! Vous comprendrez bien, qu'en cette période particulière, nous n'allons pas nous vanter d'avoir fait entrer dans le département des étudiants venus d'un des clusters les plus importants…

Les jeunes gens acquiescèrent. Après leur avoir indiqué qu'ils étaient les bienvenus, Pierre leur précisa qu'ils allaient devoir respecter les distances que la situation imposait. Ces précautions étant prises, ils furent installés autour d'une large table copieusement garnie. Sur la toile cirée, une énorme miche de pain de campagne accompagnait du fromage de brebis, de la confiture de cerises noires, du jambon, du saucisson. L'épouse de Pierre ne tarda pas à apparaître avec une énorme marmite émaillée orange entre les mains.

— *Primer, que cau tua lou loup !*[1] Et pour se réchauffer, rien de tel qu'une bonne assiette de garbure ! lança-t-elle en posant la lourde marmite fumante sur la table.

Affamés et transis, les trois amis ne se firent pas prier. Ils dégustèrent la délicieuse soupe richement garnie en écoutant les explications détaillées de Pierre sur la signification de ce dicton populaire. C'est avec un enthousiasme non dissimulé que cet instituteur à la retraite leur raconta que dans des temps forts anciens, les jurats, conseillers municipaux d'alors, avaient pour habitude de ne jamais se réunir pour traiter des affaires de la vallée sans copieusement ripailler auparavant sur les fonds de la communauté. Mais comme ces frais de bouche dépassaient largement en nombre les dépenses autorisées par les règlements, ils étaient consignés au budget sous la rubrique fallacieuse d'« indemnités accordées pour destruction des loups ». De là était resté le dicton, indiquant qu'avant toute chose, il convenait de profiter d'un moment de convivialité et de se restaurer. Les jeunes gens s'appliquèrent donc à ne laisser aucune chance de répit à cette bête sanguinaire, ennemie des bergers de tous temps.

— Comme dirait mon grand-père, ça se mange en serrant les oreilles ! déclara en riant Antonin pour indiquer à ses hôtes qu'il se régalait.

Tout en se restaurant, ils racontèrent en détail leurs mésaventures depuis leur départ la veille au soir. Pierre leur expliqua à son tour comment il connaissait Manon. Il les informa qu'elle avait pris d'elle-même l'initiative de l'interpeller pour

1 Avant toute chose, il faut tuer le loup !

signaler qu'ils se trouvaient en difficulté. Les étudiants durent reconnaître qu'ils lui devaient une fière chandelle mais ne parvenaient pas à comprendre comment elle avait pu être informée de leur voyage ainsi que des déconvenues successives qui avaient émaillé leur périple.

Le jour commençait à peine à poindre lorsque le berger espagnol réapparut chez Pierre et Marie. Personne ne comprit tout de suite la situation. Il ne semblait pas sous l'emprise de la boisson mais il était hilare. Il s'avança jusqu'au milieu de la pièce en esquissant quelques pas de danse et en chantant :

— *Dame más gasolina ! Dame más gasolina !*[1]

Les trois amis ne tardèrent pas à comprendre l'origine peu glorieuse de la panne. Avec toutes ces émotions, personne ne s'était rappelé qu'ils s'étaient initialement arrêtés pour faire le plein… On ne peut pas dire qu'ils faisaient les fiers. Mais leurs hôtes les mirent rapidement à l'aise et ils ne tardèrent pas à partager leur joyeux fou rire.

— Les problèmes de voiture, *rai* ![2] Le principal, c'est d'être sains et saufs ! conclut Pierre en sortant pour récupérer un bidon dans la grange.

Le maire les informa qu'il préférait que cette histoire ne s'ébruite pas. Ils iraient d'abord faire le plein à la station service et le berger aragonais les ramènerait ensuite jusqu'à la voiture. Aussi secrète dut-elle rester, l'expédition ne sut pourtant se faire discrète. Les quatre occupants de la voiture étant incapables de se priver du plaisir de chanter à tue-tête le refrain espagnol :

— *Dame más gasolina ! Dame más gasolina !*

Après toutes ces péripéties, il devait être huit heures lorsqu'ils purent enfin rejoindre leurs pénates respectives. Au

1 Donne-moi plus d'essence !
2 C'est rien !

cours de cette nuit, ils avaient déjà bravé quelques périls mais ils devaient encore rester sur leurs gardes et veiller à ce que leurs décisions et leurs comportements ne mettent pas en danger les leurs.

CHAPITRE 5

Oloron Sainte-Marie,
Samedi 7 mars, 2 heures.

Quand Manon prit son téléphone, elle savait déjà que malgré les nombreuses questions qui lui brûlaient les lèvres, elle se contenterait de n'aborder qu'un seul des deux sujets qui lui tenaient à cœur. Pierre fut tout d'abord inquiet par l'heure à laquelle retentissait la sonnerie. Il fut sorti de son sommeil aux alentours des deux heures du matin. En acceptant son mandat de maire en zone rurale, il avait également accepté l'idée d'être joignable sept jours sur sept et disponible jour et nuit pour ses administrés, mais il aurait bien aimé poursuivre tranquillement sa nuit. Le conseil municipal qui avait eu lieu la veille au soir s'était terminé tard et il était de pèle-porc chez les voisins le lendemain matin. Il savait qu'il lui faudrait toute son énergie pour participer à cette tradition et s'acquitter dignement du rôle de tueur qui lui avait été assigné par son père et ses oncles lors de sa première *pelère* quand il n'avait alors que seize ans. Il savait également qu'un téléphone qui sonnait en pleine nuit augurait rarement de bons présages. Au mieux, c'était une erreur, ou alors, une de ces nouvelles dont on se souvenait longtemps. Il enfila ses charentaises et descendit au rez-de-chaussée pour décrocher. Il fut surpris d'entendre la voix de Manon à une pareille heure. Celle qui souhaitait lui parler de Suzette quelques jours auparavant lui expliqua qu'elle lui raconterait tout ce qu'elle savait une autre fois. Pierre ne lui raconta pas non plus le malheur dans lequel son oncle se trouvait en raison de l'épidémie du coronavirus.

Après s'être platement excusée pour le dérangement à une heure aussi tardive. L'adolescente en vint aux faits. Elle avait un service très particulier à lui demander. Le contenu de la conversation ne manquait pas d'originalité. Le maire d'Arette s'aperçut rapidement qu'en plus d'être sacrément curieuse, la demoiselle ne manquait pas d'imagination et qu'elle n'était pas non plus à court d'argument pour tenter d'obtenir ce qu'elle voulait.

Il aurait pu s'énerver ou s'amuser de cette démarche. Tout au contraire, le maire d'Arette prit la requête de Manon très au sérieux. Comme tous les valléens, il connaissait les dangers de la montagne et savait que malgré toute sa splendeur, elle pouvait se montrer d'une dureté implacable. Il ne se rappelait que trop bien des divers accidents qu'avaient eu à déplorer sa douce vallée de Barétous ainsi que les vallées avoisinantes d'Aspe et d'Ossau. En tant qu'officier d'état civil, il lui était même arrivé, par une nuit terrible qui resterait à tout jamais ancrée dans sa mémoire, d'accompagner les gendarmes pour informer une jeune épouse que le père de ses deux jeunes enfants ne reviendrait pas à la maison. Il ne pouvait donc ignorer l'appel au secours de cette adolescente au milieu de la nuit.

Il n'en crut toutefois pas ses oreilles lorsqu'il s'aperçut que ce brin de fille de quatorze ans avait tout organisé, tout planifié pour lancer une expédition de recherche à un niveau international. Elle lui expliqua les raisons pour lesquelles elle souhaitait qu'il intervienne, le point de départ d'où il conviendrait de mener les recherches et les propositions d'organisation afin de mener *leur* mission à bien. Elle avait elle-même employé cet adjectif puisqu'à aucun moment elle n'avait imaginé qu'il puisse envisager un instant de refuser de lui venir en aide.

Elle expliqua donc à Pierre que celui qu'elle appelait désormais affectueusement son demi était étudiant en Espagne et qu'il avait pour habitude de rentrer en France un vendredi sur deux. Généralement, il arrivait le deuxième vendredi du mois pour passer le week-end chez son père – qui était devenu depuis peu son beau-père à elle – et le dernier vendredi du mois pour passer le week-end chez sa mère. Elle lui expliqua, qu'en ce vendredi six mars, il n'y avait, à sa connaissance, aucune raison qu'il rentre en France mais qu'il avait de toute évidence décidé de déroger à ses habitudes. Elle ne savait pour quelle raison foireuse il avait été amené à prendre la route ce soir-là sans en informer personne au préalable mais elle était désormais convaincue qu'il se trouvait dans une situation délicate et qu'il avait besoin d'aide.

Elle lui raconta le début de soirée, étrange. Les messages écrits, d'abord inquiets, de la mère de Simon, puis l'hystérie dans laquelle elle avait plongé, faisant sonner à tout bout de champ le téléphone et raccrochant dès que quelqu'un daignait répondre. Elle avait senti la tension monter entre sa mère et son beau-père. Elle avait entendu sa mère dire à son nouveau mari, qu'il était temps de faire quelque chose. Que ça avait déjà trop duré. Qu'elle n'en pouvait plus. Qu'elle ne pourrait plus supporter de se faire emmerder par cette cinglée plus longtemps et qu'il était peut-être temps de penser à la faire enfermer. Que s'il ne trouvait pas une façon de mettre un terme à ce harcèlement, elle irait porter plainte elle-même dès le lendemain pour appels téléphoniques malveillants. Paul avait tenté de ménager la chèvre et le chou autant qu'il avait pu. Exaspéré tant par les coups de fil inexplicables de son ex-compagne que par les menaces de sa nouvelle épouse, redoutant le fatidique, « C'est elle ou moi » Paul avait fini par appeler Evelyne. Elle lui avait expliqué alors sa théorie incompréhensible selon laquelle Simon aurait décidé de rentrer en France ce week-end-là sans en parler à personne. Son inquiétude folle, complètement irraisonnée.

Perchée en haut de l'escalier, Manon avait discrètement suivi les conversations des adultes. Sans rien dire à personne, elle avait tenté de contacter son demi. Ils avaient pris l'habitude de s'appeler via *WhatsApp*, solution très pratique et très économique pour communiquer depuis l'étranger sans avoir à se ruiner avec un forfait international. Mais ses tentatives étaient toutes restées sans réponse. La détective en herbe avait alors commencé à mener son enquête et ce qu'elle avait découvert au fil de la soirée pouvait aller dans le sens de celle que sa mère appelait « l'autre cinglée ».

Elle avait consulté sa carte *Snapchat* et avait constaté qu'une fois de plus, Simon avait oublié de se mettre en mode fantôme et avait laissé la localisation de son téléphone activée. Son avatar indiquait qu'il se trouvait bien en Espagne, mais au lieu de borner aux alentours de Saragosse, son téléphone indiquait qu'il se trouvait plutôt vers Huesca. Manon avait alors ouvert une page *Google Maps* et avait remarqué que Huesca se trouvait à 100 km environ de Saragosse et que cette ville se trouvait sur le chemin pour rentrer en France. Elle avait essayé à nouveau plusieurs fois de joindre Simon via *WhatsApp*. Elle s'était dit que, là où il était, il n'avait peut-être pas une très bonne connexion à internet et s'était résolue à tenter une communication téléphonique via le téléphone fixe de la maison. Elle n'avait pas obtenu davantage de réponse et avait commencé à s'interroger à son tour.

Manon savait que Simon covoiturait toujours avec les mêmes camarades. Avec un peu de chance, elle parviendrait à obtenir un contact avec l'un d'eux. Elle avait procédé selon le même protocole et s'était aperçue qu'un téléphone bornait à l'adresse de la coloc tandis que ceux des deux autres colocs avec lesquels Simon rentrait le plus souvent, bornaient également aux alentours de Huesca. Elle en avait déduit qu'ils devaient être ensemble. N'ayant toujours aucune nouvelle de son demi, Manon s'était décidée à contacter les amis de Simon et leur avait proposé de communiquer avec elle en message privé. Elle avait précisé que c'était urgent. Il devait être aux alentours de minuit. Elle savait que les garçons avaient pour habitude de rester au village pour leurs soirées, mais il pouvait aussi leur arriver de s'éloigner un peu, notamment pour leurs expéditions secrètes lors de leurs sessions d'Urbex dont elle ne manquait pas de suivre les moindres détails grâce au lien que lui avait communiqué Simon. Il lui semblait que c'était un peu loin pour une soirée ou une sortie nocturne. Mais si c'était le cas, elle aurait des nouvelles dès qu'ils auraient terminé, puisqu'ils ne manquaient jamais de poster leurs photos et commentaires dès leur retour à la coloc. Il n'y avait plus qu'à attendre…

Vers une heure du matin, l'inquiétude de Manon était montée d'un cran. Les coups de fils et messages de l'autre cinglée n'avaient pas cessé. Paul s'époumonait à lui dire qu'il fallait qu'elle arrête de s'inquiéter, qu'elle n'avait aucune preuve qu'il soit sur la route et encore moins qu'il soit en danger. Qu'il fallait qu'elle se décide à enfin couper le cordon ombilical… qu'il était temps… que Simon était majeur maintenant… que peut-être qu'il était tout simplement bien peinard en bonne compagnie, et que compte tenu de son attitude de mère possessive, il comprenait tout à fait que leur fils cherche un peu de tranquillité en coupant son téléphone. Qu'il aimerait lui aussi un peu de repos…

Pendant que son beau-père vidait son sac et déchargeait sur son ex tout ce qu'il n'avait pas eu l'occasion de lui dire pendant toutes ces années où elle ne lui avait pas adressé la parole, Manon avait reçu un message qui l'avait alarmée. Samuel, le colocataire de Simon dont le téléphone indiquait qu'il était resté à la coloc ce soir-là, avait fini par la contacter. Les informations qu'il lui avait communiquées venaient corroborer les dires de l'autre cinglée et n'étaient pas de nature à la rassurer. Samuel avait en effet confirmé que les trois étudiants étaient bien partis en direction de la France. Il avait trouvé sur le tableau blanc magnétique de la cuisine le message que les trois amis avaient écrit à l'attention des colocataires qui restaient :

Holà !
Nous rentrons ce week-end.
Il restait des pâtes bolo dans le frigo sur le casier N°7.
Si ça peut faire plaisir à quelqu'un…
Hasta luego !
Antonin, Maxime, Simon

Samuel avait également cherché à les joindre de son côté, sans plus de succès. Bien sûr, Manon aurait pu communiquer cette info aux adultes. Mais elle avait le sentiment qu'elle serait plus efficace sans eux. « Seul on va plus vite… à plusieurs, on va plus loin » lui rappelait régulièrement son beau-père. Manon comptait bien mettre cet adage en application et n'avait pas l'intention d'agir seule. Mais elle était lucide. Elle gagnerait en efficacité en opérant sans ces adultes-là. Balayer le champ des possibles, autre conseil de son beau-père. Dans cette situation, la ressource se trouvait simplement ailleurs. Et elle savait à qui s'adresser.

Il lui avait fallu une petite heure pour mettre en place l'organisation qui permettrait à son demi de sortir du mauvais pas dans lequel il avait l'air de s'être empêtré. Manon s'était rappelé que lors de sa visite de la maison du Barétous avec le collège, le maire d'Arette leur avait longuement parlé de la Junte de Roncal et de la cérémonie annuelle au cours de laquelle les maires de la vallée de Barétous se joignaient aux alcaldes de la vallée de Roncal pour renouveler le plus vieux traité de paix encore en vigueur en Europe. Elle avait tapé sur son moteur de recherche les mots *Traité de la junte de Roncal* et avait obtenu les noms des villages concernés de part et d'autre des Pyrénées. Elle avait ensuite vérifié que les villages situés du côté espagnol n'étaient pas trop éloignés de la zone de Huesca. Ça n'avait pas l'air d'être tout à fait la porte à côté. Mais, dans la mesure où elle était en possession du numéro de téléphone personnel du maire d'Arette, elle s'était dit que ça valait le coup de le contacter afin de mettre en place une opération de recherche.

Pour faciliter les recherches, elle avait communiqué au maire le numéro de téléphone de Simon et avait rédigé un message rassurant à l'attention de son demi qui pourrait lui être remis au moment de l'exfiltration. Malgré les circonstances, elle n'avait pu résister au plaisir de lui délivrer un message codé. Ils avaient toujours procédé ainsi, elle était absolument certaine qu'il comprendrait que c'était elle qui était derrière tout ça.

Une fois en possession de tous les éléments, il ne fallut pas longtemps à Pierre pour prendre la décision d'entrer en contact avec ses homologues Français et Espagnol et organiser les recherches conformément aux attentes de Manon.

Manon ne parvint pas à s'endormir avant de recevoir un message du maire d'Arette, aux alentours de cinq heures du matin, lui disant qu'elle avait eu raison de les alerter, que les trois jeunes gens avaient effectivement été en difficulté aux alentours de Huesca mais qu'on les avait finalement retrouvés du côté Français. Elle fut soulagée d'apprendre qu'ils étaient sains et saufs, qu'ils se trouvaient à présent dans un véhicule qui les avait pris en charge et qui les conduisait jusque chez Pierre à Arette. Cette opération lui apportait un soulagement bien compréhensible, mais elle ressentait également une certaine fierté d'avoir été à l'origine d'une telle opération de sauvetage. Pendant quelques instants, elle fut tentée de se précipiter pour aller annoncer la bonne nouvelle à son beau-père et à sa mère mais elle se ravisa. Si Simon avait décidé de ne pas parler de son retour en France, il avait sûrement une raison. De plus, les deux adultes qui se trouvaient à l'étage au-dessous d'elle étaient partis se coucher et avaient eu l'air plus énervés au cours de cette longue soirée par les élucubrations de celle qu'ils appelaient « l'autre cinglée » que par la possibilité d'un réel danger. Elle savait qu'ils allaient bien, c'était, de loin, le plus important. Il appartiendrait à ces grands garçons de donner eux-mêmes les raisons qu'ils voudraient présenter à leurs parents respectifs.

Satisfaite d'avoir mené à bien sa mission, la commandante en chef des opérations rejoint son lit aux alentours de six heures du matin. Elle ne fut pas réveillée par le long message écrit que Paul reçut de la mère de Simon qui lui mettait les points sur les *i* par rapport à son attitude et à ses propos déplacés de la veille. Evelyne avait visiblement retrouvé tous ses esprits et avait repris son mode de communication habituel. Elle informait son ancien compagnon qu'après une nuit émaillée de diverses aventures éprouvantes, leur fils, conformément à ce qu'elle avait pressenti, était finalement arrivé chez elle.

Elle ne le remerciait pas pour son manque de soutien et elle se félicitait d'avoir réussi à faire le deuil d'une personne capable d'aussi peu de bienveillance et d'empathie. Elle en profita pour lui rappeler à quel point il avait été minable au moment de la séparation. Elle l'informait qu'elle venait d'apprendre qu'il revenait de voyage de noces et souhaitait à sa nouvelle épouse bien du courage. Elle lui demandait enfin de lui préciser en son nom de ne surtout pas s'inquiéter, ni pour sa santé mentale, ni pour ses interventions futures, il n'y aurait plus jamais aucune intrusion de sa part. Au cours de cette nuit éprouvante, elle n'avait que trop mesuré à quel point ils pouvaient être inutiles, l'un et l'autre, dès lors qu'on pouvait avoir besoin d'eux.

Paul effaça aussitôt le message et décida de n'en communiquer le contenu à personne. Mais il en reçut un second, moins d'une minute après. Manifestement, son ancienne compagne s'était aperçue qu'il manquait une information :

« *Tu diras à ta jeune épouse que l'autre cinglée remercie sa fille et la félicite pour son bon sens et ses prises d'initiatives. Sans son intervention, les garçons seraient encore bloqués quelque part dans la montagne. On peut se demander qui est l'adulte dans votre maison...* ».

Paul ne sut trop que penser de ce dernier message et décida d'attendre que Manon soit réveillée pour tenter d'y voir un peu plus clair. Les mots d'Evelyne l'avaient tout de même un peu remué. Certes, elle avait abusé en les harcelant la veille au téléphone, mais son attitude n'avait-elle pas été dictée par son manque d'écoute à lui ? Quand il repensait à leur séparation, il n'était pas particulièrement fier. Il n'aurait jamais pensé qu'ils en seraient arrivés là. Il l'avait passionnément aimée. L'arrivée de Simon avait été leur plus grande joie. Puis il avait eu l'impression qu'Evelyne s'était un peu détournée de lui. Il n'avait jamais imaginé qu'elle puisse aller voir ailleurs, il lui semblait juste qu'elle s'était davantage épanouie dans son rôle de mère que dans son rôle de compagne. Quand Simon avait fêté ses onze ans, il s'était dit qu'il était temps pour eux de recommencer un peu à partir en voyage seuls et de profiter à nouveau de la vie à deux. Il lui avait offert une croisière en Méditerranée. Une semaine en tête à tête. Il avait eu un peu de mal à cacher sa déception quand Evelyne était revenue un soir en disant qu'elle était passée à l'agence de voyages et qu'elle avait réussi à faire modifier la réservation. Ils partiraient à la place tous les trois, une semaine à Athènes, Simon ayant exprimé son désir de visiter le Parthénon.

Leur fils et elle avaient eu l'air d'adorer cette semaine de vacances. La dernière qu'ils avaient passée tous les trois. Il ne pouvait pas dire qu'il n'avait pas apprécié, mais il en était ressorti un peu meurtri. Il aurait voulu passer un moment privilégié avec sa compagne. Il en était à une période de sa vie où il aurait aimé qu'elle lui témoigne un peu d'intérêt, un peu de désir. À l'approche de la cinquantaine, il aurait eu besoin qu'elle le rassure sur ses sentiments, sur la place qu'il occupait, sur son pouvoir de séduction. À ce retour de vacances, il avait eu l'impression de ne plus représenter à ses yeux que le rôle de géniteur. Elle ne le regardait plus de la même façon, elle devait l'aimer tendrement alors que lui continuait à la désirer et aurait souhaité rallumer le feu de leurs amours d'antan.

Il s'était dit alors que tout cela passerait. Juste un peu avant le voyage, ils étaient entrés dans le marathon des préparatifs pour le mariage. Tout le monde était affairé et un peu chamboulé. Mais les choses finiraient bien par rentrer dans l'ordre. À cette même période, il lui était parfois également arrivé d'être retenu un peu plus tard que d'habitude au travail pour boucler des dossiers que Samantha avait le chic de lui amener en fin de journée lorsqu'il ne restait pratiquement plus personne dans le service. Et puis un soir, elle lui avait proposé de l'accompagner boire un verre avec d'autres collègues à la cidrerie située à deux pas du bureau. Ce soir-là, Evelyne était retenue à une rencontre parents-professeurs, il savait qu'il avait un peu de temps devant lui. Ils avaient passé une très bonne soirée, Samantha s'était montrée d'excellente compagnie. Entre autres sujets de conversation, elle lui avait confié ses problèmes de couple et l'avait amené à évoquer sa relation avec sa compagne. Là où lui ne percevait que les marques de l'usure due au temps qui passe et à la gestion du quotidien, elle avait décelé une fragilité sur laquelle elle n'avait eu de cesse de revenir, discrètement. Lorsque, lors de leurs rencontres et discussions informelles au détour d'un couloir, il arrivait à Paul de raconter des événements du week-end ou qu'il rapportait les détails d'une discussion lors d'une soirée entre amis, elle soulevait l'air de rien ce qu'elle considérait comme des manquements dans les attitudes d'Evelyne, sans les commenter. Au début de leurs conversations, si elle se risquait à émettre une idée ou un jugement sur une attitude de sa compagne, Paul prenait systématiquement sa défense. Samantha n'avait pas manqué de remarquer qu'au fil du temps, il avait commencé à évoquer lui-même des situations qui suscitaient des interrogations chez lui. Sa jeune collègue avait fini par acquérir la certitude absolue qu'une faille irréversible s'était formée dans le couple. Une faille telle, qu'il ne faudrait peut-être pas longtemps avant que Paul ne cède. Petit à petit, elle était parvenue à se faire une petite place dans la tête du séduisant quinquagénaire, devenant un peu sa conseillère, sa confidente, en attendant qu'un jour, peut-être, une place d'une autre nature soit disponible pour elle.

C'est à l'occasion d'un séminaire à Bordeaux que les choses s'étaient précipitées. Ils s'étaient donné rendez-vous devant le bureau pour faire du covoiturage. Ils avaient ensuite passé toute la journée côte à côte et avaient participé ensemble à tous les travaux dans les différentes commissions proposées aux participants. À l'issue d'un repas bien arrosé, ils s'étaient retrouvés dans la chambre de Samantha et avaient mené le jeu de la séduction jusqu'à son terme. Le lendemain matin, Paul avait fortement culpabilisé, il ne savait plus du tout où il en était. D'un côté, il aimait profondément Evelyne mais il commençait à se demander si cette idée de mariage lui convenait si bien que ça. De l'autre, il se rendait compte que Samantha, sa beauté, son élégance ne le laissaient pas indifférent. Le désir dont elle faisait preuve à son égard le mettait en valeur. Ce qu'elle lui apportait à ce moment charnière de sa vie était tout à fait précieux. Mais il savait très clairement au fond de lui qu'il n'était pas vraiment amoureux.

Quand il était rentré de son séminaire, il avait été bien content d'apprendre qu'un couple d'amis venait passer le week-end chez eux. Cela lui évitait un face à face avec Evelyne qui l'aurait forcément mis mal à l'aise. Il s'était laissé porter par ce week-end où, pris dans l'ambiance du groupe, chacun pouvait s'autoriser à adopter un comportement un peu différent de celui de d'habitude sans que cela ne choque personne. Samantha lui avait envoyé plusieurs messages auxquels il n'avait pas répondu.

De retour au bureau le lundi, au lieu de lui apporter des dossiers en fin de journée qui l'auraient amené à quitter l'entreprise encore une fois très tard, à la place et sans détour, Samantha l'avait invité à venir boire un verre chez elle. Il n'avait pas décliné la proposition et l'avait accompagnée. Il savait en franchissant le seuil de la porte de son appartement ce que cette étape représentait, et pour elle, et pour lui. Mais leurs objectifs n'étaient pas compatibles. Et leur relation n'avait pas duré. Il y avait mis un terme à peine deux semaines après le séminaire. Il était incapable de mener une double vie. Ça ne lui ressemblait pas et il culpabilisait trop. Le lendemain de la rupture avec Samantha, Evelyne et lui avaient visité un magnifique domaine à flanc de montagne dans lequel ils envisageaient d'organiser la réception le jour du mariage. À un moment, il avait vraiment voulu croire qu'il réussirait à se projeter à nouveau, mais il ne lui avait pas fallu longtemps pour comprendre que quelque chose au fond de lui était cassé et qu'il ne réussirait pas à retrouver l'équilibre de sa vie d'avant avec Evelyne. Quinze jours plus tard, il avait brutalement décidé de mettre un terme à vingt ans de vie commune. Entre le projet de voyage en Grèce et la séparation, il s'était écoulé à peine deux mois au cours desquels il avait été amené à changer totalement l'ordre de ses priorités.

Il s'était senti profondément mal quand il avait vu la détresse dans laquelle Evelyne avait plongé à l'annonce de la séparation. Il s'était dit que ce n'était qu'une histoire de temps, qu'il finirait bien, un peu plus tard, par trouver les mots pour lui expliquer comment il en était arrivé là.

La décision d'Evelyne de ne communiquer avec lui que par messages écrits lui avait semblé finalement assez pratique. Minimaliste, elle leur avait permis de garder le lien nécessaire pour régler les différents aspects relatifs à l'éducation de Simon et à la vente de la maison, tout en lui évitant une douloureuse confrontation face à ses manquements et à sa lâcheté. Il n'était pas sorti grandi de cette expérience et avait eu besoin de temps pour se reconstruire lui aussi. Contrairement à Evelyne, qui avait porté l'image de la victime lâchement abandonnée, il avait dû endosser le rôle du goujat sans scrupule et assumer le regard accusateur et les questions chargées d'incompréhension de son entourage qui ne parvenait pas à concevoir ce qui avait pu se passer dans sa tête pour faire aussi violemment voler en éclats un couple qui avait toujours renvoyé aux yeux de tous l'image d'une parfaite harmonie.

Et puis Léa était arrivée dans sa vie. D'une élégance naturelle et d'une grâce dont elle ne semblait pas avoir conscience, la charmante cavalière d'un naturel toujours positif avait su lui redonner la joie de vivre et apporter à sa vie l'équilibre qui lui faisait défaut depuis sa séparation. Ils avaient rapidement décidé d'aménager ensemble pour former ce que l'on nomme communément, une famille recomposée, et l'idée du mariage n'avait pas tardé à devenir une évidence.

Tout le monde avait eu une nuit éprouvante et chacun se leva fort tard le lendemain matin. Lorsque Manon finit par émerger de sa grasse matinée, jugeant qu'à 13h30 du matin il était encore raisonnable de se préparer un copieux petit déjeuner, Paul ne manqua pas de lui communiquer le message d'Evelyne.

— Elle nous a pas assez pourri la vie hier soir, l'autre cinglée ?

Léa venait de préparer un thé au jasmin et à la rose qu'elle affectionnait tout particulièrement et se lovait près du feu en tenant sa tasse à deux mains pour profiter de la chaleur qui se diffusait dans ses doigts engourdis. Elle avait lâché ces quelques mots entre deux souffles destinés à refroidir le liquide brûlant. Elle fut surprise par le ton péremptoire qu'employa Paul pour lui répondre. Il ne leva pas la voix et se contenta d'insister en détachant chacune des syllabes d'une phrase qu'il n'eut jamais à répéter.

— À l'avenir, je te serai reconnaissant de ne plus parler de la mère de Simon dans ces termes-là.

CHAPITRE 6

Oloron Sainte-Marie,
Samedi 7 mars 2020, 8 heures.

Simon ouvre la porte. Le fils prodigue est enfin de retour. Il trouve l'appartement dans un état surprenant. Il n'a jamais vu ça.

Dans l'entrée, deux piles de cartons fermés. D'autres cartons ouverts éparpillés ci et là. De la porte d'entrée jusqu'à la porte de sa chambre, disposés au sol en pas japonais pour lui montrer le chemin, des morceaux de tissu découpés. Des éléphants, des lions, des singes…

Suspendu au bout d'un fil de nylon, un mobile aux mêmes motifs enfantins l'attend devant la porte de sa chambre. Au sol, des tas de vêtements.

Au bout du couloir, il aperçoit sa mère endormie sur un coin de la table, la tête posée sur ses bras croisés. Totalement échevelée. À côté d'elle, grand ouverts dans les assiettes, posés directement sur la table dressée pour le repas, des albums photos, des souvenirs, des dessins éparpillés.

Il s'approche d'elle pour s'assurer qu'elle va bien. Evelyne se réveille, l'aperçoit enfin. Elle ignore si elle a le droit d'oser y croire. C'est pourtant bien lui, posté devant elle. Elle se jette dans ses bras :

— Mais ! Je ne savais pas où tu étais ! J'ai cru qu'il t'était arrivé quelque chose !

Et elle hurle des larmes inconsolables.

Il lui racontera une autre fois les détails de cette nuit si particulière. Pour l'heure, il va lui faire couler un bain chaud, lui donner un calmant et la mettre au lit.

CHAPITRE 7

Oloron Sainte-Marie,
Mardi 10 mars 2020, dans l'après-midi.

Antonin, Maxime et Simon s'étaient remis de leurs émotions. Ils avaient passé trois jours dans leurs familles respectives et se trouvaient à présent dans la salle d'attente du laboratoire d'analyses dans lequel travaillait la mère de Maxime. Celle-ci les fit attendre un peu avant de les faire entrer dans son bureau où elle les accueillit plutôt froidement. Après les avoir sermonnés pour le principe, elle leur indiqua que leurs tests PCR étaient négatifs à tous les trois et qu'ils pouvaient reprendre une vie de famille normale, à condition de prendre garde à ne pas participer à des regroupements à l'extérieur du domicile. Elle leur expliqua alors que la situation sanitaire était en train de se dégrader au niveau mondial et que la France, qui avait jusqu'alors été un peu préservée, devait se préparer à affronter la vague qui renversait les pays d'Europe les uns après les autres.

Elle leur apprit que l'Italie venait d'annoncer un confinement total de la population et qu'il fallait s'attendre à ce que des mesures similaires soient prises en Espagne, sévèrement touchée elle aussi. Elle leur précisa qu'elle ne voulait rien leur imposer mais leur conseilla de prendre leurs dispositions et de se préparer à l'éventualité de ne pas pouvoir y retourner au risque de se voir confinés là-bas.

Quelques heures plus tard, les trois amis reçurent un mail de l'université qui les informait que les cours sur site étaient suspendus et remplacés par des cours à distance. Quelques jours plus tard, le premier ministre espagnol prenait la parole pour annoncer un confinement total de la population.

La France n'était pas très loin derrière ses amis européens et s'apprêtait à affronter, elle aussi, cette première vague qu'un confinement de huit semaines ne saurait maîtriser, laissant les habitants désemparés et hagards redoutant, à l'instar des victimes d'un tsunami, de se voir submergés par une deuxième, voire une troisième vagues plus meurtrières encore que la première.

CHAPITRE 8

Oloron Sainte-Marie,
21 juin 2020.

Dans la douceur de cette fin de journée qui invitait l'été sans tambour ni trompette, Suzette et Pierre avaient finalement été installés sur un banc de la cour de la maison de retraite. Ils avaient tous deux suffisamment attendu cette entrevue, il n'était pas question de la différer, ne serait-ce que d'un jour ou deux. Ils restèrent ainsi un long moment à se raconter les trajectoires que leurs vies avaient prises.

Ils avaient un peu tardé avant d'en arriver au sujet qui les préoccupait pourtant tous deux au plus haut point, ne sachant comment aborder ce point sensible qui avait donné à leurs vies des orientations tellement différentes de ce qu'ils avaient imaginé.

Ce fut Pierre qui aborda le sujet en premier.

— Tu sais, Suzette, j'ai toujours cru que tu t'étais mariée, c'est Manon qui m'a dit que tu étais restée célibataire.

— J'avais effectivement imaginé ça moi aussi. Mais ce n'était qu'un rêve. La question a été définitivement tranchée avec la lettre que tu m'as envoyée.

— Mais je t'ai vue, Suzette. Je t'ai vue avec lui…

— Mais, de quoi parles-tu ?

Il prit une profonde inspiration et hoqueta plus qu'il ne prononça sa tirade.

— Je t'ai vue, Suzette. Je t'ai vue l'attendre à la sortie de la mairie. Je t'ai vue l'embrasser. Je t'ai vue l'enlacer. J'ai vu tes bras serrés autour de sa taille. Je t'ai vue repartir avec lui, sur le porte-bagages de ton vélo. Et lui aussi, je l'ai vu, lui, gai comme un pinson qui sifflait en sortant de la mairie, les papiers du mariage à la main… Je vous ai vus, Suzette ! Et je n'étais pas le seul ce jour-là, à la terrasse de ce café… Je vous ai vus… Je vous ai vus… On vous a tous vus…

Pierre tentait de continuer à s'accrocher à ce qui lui avait servi de certitude pendant toutes ces années mais il pressentait que toutes ses convictions étaient sur le point de voler en éclat.

— Je ne comprends rien ! Mais avec qui m'as-tu vue à la fin ? s'impatienta Suzette dont la voix s'était soudainement envolée dans les aigus.

— Faut-il vraiment que je te le dise ? … Suzette, je t'ai vue… avec Baptiste Artigalas.

— … Baptiste ?

Puis après de longues secondes de silence :

— Mais Baptiste, c'était mon beau-frère…, c'était le mari de ma sœur… Je n'ai jamais eu, …, mais non…, mais je n'y comprends rien…

L'étau qui se resserrait pour tordre le cou à une vieille vérité devenait de plus en plus oppressant. Pierre éprouvait des difficultés à respirer. Cette certitude acquise de longue date l'avait longtemps fait souffrir mais il avait fini par s'y habituer. Il ignorait ce que Suzette s'apprêtait à lui révéler mais il savait d'ores et déjà que le nouvel éclairage qui allait être porté sur cette histoire risquait d'aggraver cette vieille blessure que le temps n'avait jamais vraiment réussi à refermer. Mais il était temps d'en finir. Même si cela devait être douloureux, il devait absolument mettre enfin du sens sur cette affaire.

— Reprenons les choses depuis le début, Suzette. Pourquoi n'es-tu pas venue me rejoindre au bal du 14 juillet ?

Suzette affichait un calme étonnant. Sa voix était posée, elle ne tremblait pas.

— Je n'ai pas tellement eu le choix ce jour-là… Même si à la base, mes raisons étaient justifiées et louables… compte-tenu des circonstances… Je n'avais pas vraiment d'autre choix. Ça a été la décision la plus douloureuse de toute ma vie… Et je l'ai payée au prix fort.

Pierre décela de la détresse et de la tristesse dans la voix de Suzette. Il comprenait qu'elle allait avoir besoin de force et de courage pour poursuivre son propos. Il prit soin de respecter son émotion et de ne pas l'interrompre.

— Quand je suis rentrée le 13 juillet après notre journée à la Pierre Saint-Martin, ma mère m'attendait au bout du chemin. Je n'ai pas eu le temps d'arriver à la maison, je n'ai même pas traversé l'Arrigastoû. Ma mère était assise sur le banc de pierre en compagnie de quelques anciens du village. Elle tenait sur ses genoux le petit balluchon qu'elle m'avait préparé. J'ai dû repartir aussitôt. Ma sœur était sur le point d'accoucher. Elle avait commencé à avoir des contractions et ma mère préférait qu'elle ne reste pas seule avec Baptiste qui était totalement désemparé. Je suis restée avec elle, je l'ai veillée toute la nuit. La brave Honorine avait été appelée. Elle avait l'habitude d'assister toutes les femmes du village. Elle a rapidement compris que les choses se présentaient mal et que ce n'était pas la peine de laisser ma sœur souffrir inutilement. Il fallait faire vite et l'amener à l'hôpital d'Oloron. Heureusement, ses voisins avaient un invité ce jour-là qui avait une voiture. Les propriétaires ont gentiment accepté de conduire Marie à l'hôpital. Baptiste les a suivis avec son vélo. Quant à moi, je suis rentrée à la maison.

L'heure du service du repas était passée depuis longtemps, mais Suzette n'avait pas faim. Elle était toujours assise sur ce banc dans la cour de la maison de retraite. L'aide-soignante qui l'avait accompagnée avait terminé son service et les avait rejoints près du banc. Elle couvrit les épaules de la vieille dame d'une petite veste et lui donna un peu d'eau. Suzette prit le temps de se désaltérer avant de reprendre son propos.

— Marie n'a pas accouché tout de suite mais le médecin a souhaité qu'elle soit hospitalisée, compte tenu de son état de fatigue. Baptiste a téléphoné depuis l'hôpital, chez Rosa, qui tenait une des nombreuses auberges du village et qui était une des rares à avoir le téléphone à cette époque. La pauvre Rosa est venue tout de suite pour nous annoncer la nouvelle et pour me dire que Baptiste me demandait de le rejoindre devant l'hôpital d'Oloron pour apporter les éléments du trousseau qui manquaient à ma sœur. Je suis donc repartie à vélo. Mais quand je suis arrivée devant l'hôpital, Baptiste avait une mauvaise nouvelle à m'annoncer. En fait de mauvaise nouvelle, ça n'aurait pu être qu'une simple anecdote dont je ne me souviendrais probablement plus aujourd'hui. Mais cet élément m'a obligée à faire un choix qui a totalement changé le cours de ma vie. Il se trouve que Baptiste s'était fait voler son vélo devant l'hôpital. Mon beau-frère se trouvait donc dans l'impossibilité de se déplacer. Il avait absolument besoin d'un vélo pour aller voir Marie à l'hôpital et pour aller travailler. Tu sais, à cette époque-là, les kilomètres ne lui faisaient pas peur. Il est allé la voir tous les jours. Tous les jours, il a fait des allers-retours entre la maison et l'hôpital, puis il partait travailler en suivant… Et ce n'étaient pas les mêmes routes qu'aujourd'hui… Tous les jours…

Pierre ne la laissa pas terminer et poursuivit à sa place.

— Alors, c'est parce que tu lui as prêté ton vélo, comprit-il. C'est pour ça, que tu n'as pas pu te rendre jusqu'à l'arrêt d'autocar… C'est pour ça, que tu n'es pas venue… Et c'est pour ça, que je vous ai vus partir ensemble sur ton vélo quelques jours après…

— J'ai bien essayé de te faire prévenir que je ne pourrais pas te rejoindre au bal… Avant de me laisser repartir à la maison à pied, Baptiste m'a offert le petit déjeuner, tout près de l'hôtel de ville. Je pleurais tellement qu'un jeune couple qui se trouvait à côté de notre table est intervenu dans notre conversation, pensant au début qu'il s'agissait d'une querelle d'amoureux. Ils ont été émus par ce qui nous arrivait. La jeune femme m'a prêté un joli petit mouchoir brodé et m'a dit que je pouvais le garder. Baptiste était gêné de voir dans quelle situation il me mettait en me privant de mon vélo, mais il était avant tout fou de joie à l'idée de devenir papa. Je me souviens très bien qu'il trépignait d'impatience en chantant des berceuses et en s'entraînant à balancer ses bras joints comme s'il tenait déjà son bébé tout contre lui. Le jeune couple qui se trouvait à côté de nous m'a dit qu'ils possédaient une maison secondaire dans la vallée de Barétous. À tout hasard, je leur ai demandé s'ils te connaissaient. Ils m'ont dit que non, mais qu'ils ne manqueraient pas de te porter un message la semaine suivante lorsqu'ils remonteraient dans la vallée pour les vacances.

— Suzette, je ne l'ai jamais eu ce message. Et les jeunes gens, tu ne sais pas comment ils s'appelaient ?

— Je ne connais pas leur nom de famille, je sais juste qu'ils s'appelaient Jacques et Jeannette… mais ça commençait par un L. JL, c'était les initiales brodées sur le mouchoir que j'ai gardé…

Pierre sentit une ombre noire s'abattre brusquement sur lui. Toutes ces années, il avait cru que Suzette n'était pas venue parce qu'elle avait préféré s'engager avec un autre. Il comprenait soudain que pendant tout ce temps-là, il n'avait pas été en possession de la bonne information. Celui qui avait prétendu être son ami pendant plus de cinquante ans lui avait non seulement caché des informations, mais avait transformé la vérité d'une manière abjecte.

— J'ai essayé de venir te voir à la sortie de l'usine chez Lartigue, mais tes collègues m'ont dit que tu avais donné ton congé et que tu ne travaillais plus là-bas. J'ai compris à ce moment-là que c'était vraiment fini entre nous et que je ne te reverrai plus jamais.

Sans qu'elle le sache, les dernières paroles prononcées par Suzette venaient ajouter encore au désarroi de Pierre.

— C'est Jacques… C'était Jacques qui m'avait parlé de ce poste chez Messier. L'usine venait d'ouvrir, ils cherchaient des mécaniciens. Les horaires étaient les mêmes mais la paye bien meilleure. Sans compter tous les avantages sociaux. Alors je n'ai pas hésité. J'y ai passé toute ma carrière. C'est Jacques qui m'a conseillé de quitter Lartigue pour me recommander chez Messier. Jacques… Et je lui en ai toujours été reconnaissant… Jacques…

Pierre ne parlait plus. Ainsi, son ami de longue date l'avait trahi. Ses mâchoires étaient serrées ainsi que ses deux poings. Au-delà de la tristesse, de la colère, il ressentait également de l'impuissance face à cette situation. Il ne pourrait jamais connaître les raisons qui avaient motivé ceux qui avaient prétendu être ses amis à mettre en place un tel stratagème. Mais pourquoi ? Pourquoi le frère et la sœur que Suzette avait pris pour un jeune couple les avaient-ils délibérément fait tous deux plonger dans un tel quiproquo ? Jacques avait-il cherché à s'attirer les faveurs de Suzette ? Pourquoi dans ce cas ne pas lui avoir fait la cour après avoir évincé son rival ? Ou alors, était-ce Jeannette qui avait eu des vues sur lui ? Elle était restée célibataire et il se rappelait que Lalie lui avait dit à plusieurs reprises qu'elle avait toujours senti des hostilités de la part de Jeannette à son égard.

C'était probablement de ce côté que se trouvait la vérité, mais il n'aurait jamais l'occasion d'en avoir la confirmation. Il était trop tard maintenant. Jacques et Jeannette étaient décédés depuis longtemps. Pierre avait pleuré la perte de son ami, comme s'il s'était agi de son propre frère. Passionné de voiture et de sports mécaniques en tous genres, Jacques s'était mortellement blessé, quelques trente ans plus tôt, alors qu'il s'entraînait seul avec sa moto sur la colline de la Mouline pour tenter une périlleuse ascension, dénommée, à juste titre, « La montée impossible ». Pierre s'était précipité quand il avait entendu les secours arriver. Il avait trouvé son ami à demi-inconscient sur le brancard des pompiers. Dans un souffle, celui avec qui il avait partagé tant de choses, qui avait été son témoin de mariage et le parrain de son fils aîné lui avait adressé un énigmatique « *Je suis désolé* »…

Était-il désolé de l'avoir trahi ? Pierre n'avait jamais su ce que son ami avait voulu dire à ce moment-là. Peut-être avait-il eu des regrets. Ni Suzette ni lui ne le sauraient jamais.

Pierre ne considérait pas qu'il avait gâché sa vie pour autant, mais il estimait avoir été trompé. Sans cette information erronée, il n'aurait pas fait les mêmes choix et le cours de sa vie, le cours de leur vie, en aurait été modifié. Suzette quant à elle, appréhendait la situation d'une toute autre manière. Elle avait toujours cru qu'elle avait dû son malheur à un vélo volé.

Elle venait de découvrir qu'en raison des manigances de deux inconnus, son bonheur avait été purement et simplement sacrifié, sans aucun scrupule, sur un autel dont elle ne connaîtrait jamais les tenants ni les aboutissants.

CHAPITRE 9

Oloron Sainte-Marie,
Juin 2020.

Le cliquetis du mécanisme d'ouverture de la grille d'entrée leur indiqua que le portail était prêt à s'ouvrir. Manon et sa grand-mère prirent soin d'ajuster leur masque et entrèrent toutes deux dans la cour de la maison de retraite.

Au fond de la cour, une aide-soignante les attendait. Questionnaire de santé, prise de température, désinfection des mains, rappel des consignes sanitaires et des gestes barrières, elles allaient pouvoir enfin s'installer sous la tonnelle. Suzette avait été prévenue de leur visite, elle allait arriver.

Cela faisait presque six mois qu'elles ne l'avaient pas vue. Ses cheveux avaient poussé, mais elle n'avait pas changé. Une ASH avait pris soin de préparer Suzette et de lui faire une petite beauté. Les soins d'esthétique étant interdits, elle n'avait pas été épilée pendant toute la durée du confinement, mais tout avait été fait pour qu'elle se sente présentable devant ses invitées. Elle se déclara ravie de les voir. Mais tout au long de leur courte visite, elle répéta à quel point tous ces gestes-barrière qui visaient pourtant à la protéger lui pesaient. Elle aurait voulu pouvoir les toucher, s'approcher d'elles. Il était inconcevable pour elle de ne pas pouvoir les embrasser. Durant toute cette période de confinement, elle avait lu, avait regardé la télévision. Elle avait reçu quelques appels. Tout cela lui avait permis de ne pas trop s'ennuyer.

— *Alabetz !*[1] C'est aussi convivial que dans le parloir d'une prison ici ! s'était-elle esclaffée lorsqu'elle avait été installée à bonne distance de ses nièces afin d'éviter le moindre contact avec elles.

Elle n'avait rien perdu de son entrain ni de sa joie d'antan, s'amusant à raconter comment elle avait préféré sacrifier sa dernière dent en la laissant plantée dans un morceau de fromage du pays plutôt que d'attendre un rendez-vous chez le dentiste. Mais cela revenait en boucle, ce qui avait manqué le plus à Suzette pendant cette période de confinement, c'était les moments d'échange, de partage, de communion. Les contacts humains.

Manon hésita un peu avant de sortir le vieux cahier bleu de son sac à dos. Quand Suzette le vit, elle le considéra comme un vieux jouet qu'un enfant retrouve avec plaisir alors qu'il a oublié jusqu'à son existence et dont l'absence ne lui avait pourtant pas manqué. Afin d'écarter tout risque de contamination, Suzette ne fut pas autorisée à toucher ce cahier qui lui appartenait. Mais elle n'eut pas besoin de parcourir les pages, elle les connaissait par cœur. Et elle se mit à fredonner. Manon constata qu'elle chantait très faux mais fut contrainte de reconnaître que Suzette prenait de toute évidence un réel plaisir à cette activité.

*

1 Alors !

Lorsqu'elle revint au collège *Le grand Cèdre* quelques jours plus tard, Manon reçut par son professeur de musique la confirmation que le concert de Jazz in collège auquel devait participer Francis Cabrel serait, au mieux, reporté à la fin d'année scolaire suivante, au pire, annulé. En temps ordinaire, cette information n'aurait pas déclenché chez elle beaucoup de réaction, mais cela attisa son imagination.

De retour chez elle, la demoiselle qui n'était jamais à court d'idées et qui savait se donner les moyens d'atteindre ses objectifs, composa le numéro de téléphone de la maison de retraite dans laquelle se trouvait Suzette et demanda à parler à la directrice. Ce que l'adolescente lui proposa l'étonna, mais elle trouva que la proposition ne manquait pas d'intérêt et qu'elle était parfaitement réalisable sans que cela perturbe l'organisation de la maison de retraite ni que cela impose un dispositif trop lourd en raison du protocole sanitaire.

La détresse que Suzette avait exprimée en évoquant cette période avait donné à la jeune Manon une idée qui permettrait de créer une osmose, une communion entre les résidents et le monde extérieur, sans que personne ne déroge aux principes sanitaires. Elle proposait simplement de reprendre le flambeau que Pierre avait allumé à la veille du confinement et souhaitait monter une chorale multigénérationnelle impliquant les collégiens et à laquelle les résidents pourraient participer en toute sécurité depuis la fenêtre de leur chambre. Les personnes âgées souhaitant s'impliquer pourraient participer activement à la chorale et recevoir des feuillets en gros caractères réalisés par les élèves du collège et envoyés par mail à la maison de retraite afin qu'ils soient imprimés et distribués par les membres du personnel, dans le plus strict respect des règles sanitaires. Les personnes âgées les moins en forme, ou les moins intéressées par le projet, pourraient se contenter, si elles le souhaitaient, d'assister aux répétitions organisées sous leur fenêtre dans la cour de la résidence.

Manon ne tarda pas à obtenir l'accord de principe de la directrice de la maison de retraite. Il ne lui restait plus qu'à présenter son projet à son professeur d'éducation musicale. À défaut d'un accord de sa part ou de la direction du collège, Manon, qui avait plus d'une corde à son arc avait imaginé un plan B. Elle savait pouvoir compter sur le soutien de quelques potes. Si la chorale du collège ne pouvait pas se déplacer dans la cour de la maison de retraite pour réaliser les répétitions, elle viendrait avec ses copines et une enceinte. Et dans le cas où ses copines viendraient à lui faire faux-bond, comme elle savait faire face à chaque situation, elle pourrait toujours activer le plan C et effectuer les répétitions elle-même avec l'enceinte et un micro.

Le contexte sanitaire imposait aux établissements scolaires la plus grande prudence et les sorties scolaires étaient réduites à peau de chagrin. Seules les activités physiques de plein air étaient autorisées. Les collégiens se contentaient donc de séances d'EPS au stade municipal ou à défaut dans la cour du collège. Dans la mesure où la maison de retraite se trouvait à équidistance du stade, il fut considéré que ce déplacement pouvait être autorisé. De plus, les séances de chant étant réalisées en extérieur, elles n'étaient pas contre-indiquées à condition que la distanciation physique soit respectée entre les élèves.

C'est ainsi que les élèves du collège vinrent se joindre aux résidents de la maison de retraite, à raison de deux séances de quarante-cinq minutes par semaine, dans le plus strict respect des règles sanitaires et sans que cela ne coûtât un centime à quiconque. Le professeur de musique avait décidé de valoriser le travail réalisé par ses élèves pendant l'année malgré le report du concert de Jazz in collège et d'organiser quand même deux représentations sur l'œuvre de Francis Cabrel, par et pour les résidents de la maison de retraite. Ces représentations en petit comité seraient également destinées aux familles des résidents ainsi qu'au personnel de la maison de retraite. La première se tiendrait côté cour, et l'autre, côté rue.

Ce projet remporta un franc succès auprès des résidents. Certains collégiens ne pouvaient s'empêcher de se rendre aux répétitions en traînant un peu des pieds. Mais globalement, après deux mois de confinement et dans ce contexte très particulier de retour en classe dans un protocole extrêmement contraignant, ils étaient plutôt contents de pouvoir s'extirper un peu du cadre du collège.

Deux semaines plus tard, Manon fut convoquée dans le bureau de la principale du collège. Elle avait la conscience tranquille mais elle ne put s'empêcher de s'interroger sur les raisons de sa convocation. La principale la reçut de manière parfaitement cordiale. Elle la pria de s'asseoir, lui demanda comment elle allait. Elle la rassura sur ses intentions sans pour autant lui donner d'explication sur les raisons de sa présence dans ce bureau que les élèves préféraient habituellement éviter de fréquenter. Une fois que Manon fut confortablement installée, la principale lui indiqua que quelqu'un souhaitait lui parler. Elle décrocha son téléphone et composa un numéro sans lui préciser de quoi il s'agissait. Lorsqu'elle obtint la communication, elle mit le haut-parleur. Manon eut du mal à croire ce qu'elle entendit.

— Bonjour Manon, c'est Francis Cabrel. Est-ce que tu penses que je peux participer à votre représentation de demain après-midi ?

CHAPITRE 10

Oloron Sainte-Marie,
Fin juin 2020.

Lorsque les EHPAD furent autorisés à accepter les visites, Pierre avait trouvé Lalie extrêmement changée. Elle avait été fortement éprouvée par cet isolement aussi inattendu que brutal. Elle avait bénéficié de tous les soins physiologiques dont elle avait eu besoin, mais avait énormément souffert de la solitude. Comme nombre de personnes âgées dans son cas, elle s'était fortement repliée sur elle-même et il devenait désormais difficile de communiquer avec elle.

Au cours de ses visites, il lui était parfois arrivé d'éprouver des difficultés à évaluer le niveau de lucidité de son épouse. Mais à cet instant précis, Pierre avait la certitude pleine et entière que Lalie comprenait chaque mot qu'il prononçait. Il s'était approché d'elle et lui avait pris la main avant de commencer un long monologue qui allait les ramener tous deux très loin en arrière. La longue histoire qu'il s'apprêtait à lui raconter était intimement liée à la leur, puisque son récit prenait pour point de départ le 13 juillet 1945, veille du jour de leur rencontre.

Il commença par lui raconter la célébration du traité de la Junte de Roncal à laquelle il avait assisté en compagnie de Suzette, en haut du col de la Pierre Saint-Martin. Son intention de lui déclarer sa flamme ce jour-là, son extrême maladresse, ses hésitations, puis sa décision de différer sa demande officielle au lendemain pour le bal du 14 juillet. Il lui avait raconté l'incompréhensible stratagème de Jacques pour empêcher ce rendez-vous. L'attente, la déception, la tristesse.

C'est avec une sincérité et une tendresse toutes particulières qu'il revint sur leur rencontre à eux deux, ce même 14 juillet. Sur cette semaine magique qu'elle lui avait fait vivre alors qu'il venait de se faire briser le cœur par une autre. Il lui révéla à quel point sa présence lui avait été douce et agréable et combien elle lui était devenue nécessaire. Il lui parla également de la lettre de rupture sommaire qu'il avait envoyée à Suzette, une semaine après leur rencontre. Il prit le temps de dire à celle qui avait partagé sa vie à quel point il l'avait aimée et la remercia pour tout le bonheur qu'elle lui avait donné.

Le souffle de Lalie était suspendu aux lèvres de Pierre. Elle, qui pendant des années avait lu et raconté tant d'histoires à des générations d'écoliers, buvait à cet instant chacune des paroles de son époux. Totalement lucide, totalement en phase avec lui.

Cela faisait longtemps qu'elle avait renoncé à trouver une explication. Ce soir-là, son mari lui apportait enfin l'éclairage qui lui avait tant fait défaut au cours des décennies précédentes. Les paroles de Pierre dissipaient les ombres qui lui avaient si souvent serré le cœur. Légère, elle avait l'impression d'avancer peu à peu vers la lumière.

Ainsi, elle recevait là, la confirmation que celui avec qui elle avait partagé sa vie l'avait toujours tendrement aimée et avait coulé des jours heureux en sa compagnie. Elle comprit que cette distance qu'il avait inconsciemment laissée s'insinuer peu à peu entre eux n'avait pas trouvé ses origines dans la trahison suprême d'une relation extra-conjugale. Finalement, ce manque d'empressement dont il avait fait preuve à son égard était plutôt à porter sur le compte d'une forme d'amertume. L'étrange goût qu'il n'avait su interpréter sur ses lèvres n'avait été rien d'autre que le goût troublant des larmes versées par une autre, charriées par le torrent avant d'aller se perdre à tout jamais dans le gave. Les larmes amères d'un amour de jeunesse resté inachevé.

Alors qu'elle n'avait plus pris la parole depuis plusieurs semaines, Pierre entendit Lalie répéter par trois fois, de manière parfaitement audible :

— Merci. Merci. Merci.

Pour ce qu'il avait été. Pour tant de bonheur partagé. Pour le voile qu'il venait de lever sur un mystère qui l'avait tourmentée pendant tant d'années.

Apaisée, sereine, elle s'engagea alors dans un long rêve sans retour dans lequel tous deux savaient qu'il ne tarderait pas à la rejoindre. Au crépuscule de leurs vies, dans un dernier souffle, elle détricotait délicatement les serments qui les avaient tendrement unis pendant plus de soixante-dix ans et lui concédait, en ultime cadeau, rien de moins qu'un peu de temps. À peine le temps de tourner une dernière danse. Une danse qu'elle lui laissait offrir à la malheureuse qui n'avait pu le rejoindre, un certain soir de juillet.

ÉPILOGUE

Col de la Pierre Saint-Martin,
13 juillet 2020.

Les conditions sanitaires s'étaient encore dégradées au cours des jours précédents, aussi, les autorités espagnoles avaient-elles conseillé au public navarrais de ne pas se déplacer pour la 644e édition de ce traité de paix séculaire. Afin d'éviter de multiplier les risques de transmission du coronavirus, les buvettes, les stands et même l'office religieux en plein air avait été supprimés.

Après l'échange des serments oraux qui réitéraient la volonté des bergers français de s'acquitter de leur tribut auprès de leurs homologues espagnols afin de pouvoir continuer à disposer librement de la source, un vétérinaire de la délégation espagnole aurait dû s'avancer pour sélectionner les trois génisses parmi les bêtes du troupeau français. Mais dans le but d'éviter les attroupements, cette auscultation avait été effectuée en petit comité. En tout état de cause, cette opération demeurait tout à fait symbolique puisque remplacée depuis des décennies par un paiement en espèces sonnantes et trébuchantes, en raison d'une tendance constatée chez les bovidés à traverser la frontière à la moindre occasion pour retrouver leurs chères terres natales. Paiement encore simplifié, depuis quelques années, par la mise en place d'un virement bancaire effectué quelques jours après la cérémonie ; protocole plus moderne et qui, dans un contexte de pandémie mondiale, présentait l'avantage de répondre aux exigences sanitaires pour limiter la propagation de la pandémie de COVID-19.

C'est alors qu'on l'entendit. Métallique, poignant, interminable. Un cri. Semblant émaner des profondes entrailles de cette terre aride, il vint déchirer le ciel, tel le premier éclair d'un violent orage d'été.

— *Quiooooooo*[1] *!*

Radieux, sous le soleil culminant de ce 13 juillet 2020, un jeune homme recevait là, la réponse à une question dont les derniers mots étaient restés en suspens sur ses lèvres, soixante-quinze longues années durant.

---

1 « Oui ! » en Béarnais.

REMERCIEMENTS

Un grand merci à mon duo de bêta-lectrices.

À mon gros-bêta-lecteur préféré.

Et à Pierre Casabonne, authentique maire d'Arette qui n'a pas hésité à prendre le risque de prêter son nom à un personnage sans même savoir de quoi il pouvait retourner. Merci pour nos conversations et pour toutes les précisions que tu as pu apporter sur ta chère vallée de Barétous et cette fameuse Junte de Roncal.

Merci à la maison d'édition La Geste qui a fait le choix de rendre public un écrit initialement destiné à la sphère privée.

LA GESTE

www.gesteditions.com

Par ce logo, nous témoignons d'une volonté de réduire les impacts environnementaux liés aux activités de l'imprimerie. Nous choisissons un imprimeur impliqué dans la réduction des gaz à effet de serre. Le choix de nos papiers assure que la production a été faite à partir d'un produit à base de bois et a suivi le cahier des charges d'une gestion durable des forêts européennes. Achevé d'imprimer par CPI Firmin Didot (174297) en France en avril 2023 pour le titre « Tourments en Béarn ».

Mise en pages : Laurine Chazelas

Dépôt légal : premier semestre 2023

11, rue Norman-Borlaug
79260 La Crèche
05 49 05 37 22
contact@gesteditions.com